Anne Amrum

NORDSEE LEID

Tot im Nebel

Das ist ein Kriminalroman und somit reine Fiktion. Sämtliche Personen und deren Handlungen sind frei erfunden. Ähnlichkeiten mit tatsächlich lebenden oder toten Personen (inklusive zufälliger Namensgleichheiten) und /oder Ereignissen sind nicht beabsichtigt und wären rein zufällig.

An dieser Stelle versichere ich, die Autorin, für die Darstellung und Erwähnung diverser gastronomischer, kultureller und touristischer Einrichtungen oder für die Verwendung von Markenbezeichnungen in diesem Buch keine Bezahlung oder anderweitige Zuwendung erhalten zu haben.

Copyright © 2021 Anne Amrum

Alle Rechte vorbehalten.

ISBN: 9798496178228

Imprint: Independently published

*Klar sieht, wer von ferne sieht,
und nebelhaft, wer Anteil nimmt*

Lao-Tse

Dienstag

1

»Liebling?«
Laura sieht ihren Mann an und wartet auf eine Antwort. Aber es kommt keine. Sein Blick geht an ihr vorbei, doch er geht nirgendwo hin. Schon seit einiger Zeit hat sie den Eindruck, dass Kais Leben mehr und mehr innerhalb seines Kopfes stattfindet.
»Liebling?«, fragt sie noch einmal. Etwas lauter diesmal und mit Erfolg.
Er wendet sich ihr zu.
»Ja, Schatz?«
»Ich habe gefragt, ob wir nach dem Essen spazieren gehen wollen?«
»Bei dem Wetter?« Kai verzieht das Gesicht. »Es ist Nebel da draußen.«
»Aber der Wind hat sich gelegt«, versucht Laura ihn zu überreden und streicht sich mit einer sinnlichen Geste ihre langen blonden Haare aus der Stirn.
»Hmm.« Kai verstummt wieder und schiebt schweigend Stück für Stück seines Backfisches in den Mund.
Laura seufzt innerlich, während sie ihm dabei zusieht. Sie kann und will diese Beziehung nicht länger vor sich

selbst schönreden. Die kribbelnden, aufregenden, erfüllenden und erregenden Tage der Liebe sind vorbei. Ihr Blick fällt auf ihre kleine Tochter, die warm eingepackt in ihrem Buggy an ihrem Schnuller nuckelt. Mit ihren elf Monaten ist sie noch nicht groß genug für die Kindersitze des Restaurants, denen an der Vorderseite die Absturzsicherung fehlt.

»Noch etwas zu trinken?«, unterbricht der Kellner ihre Gedanken.

»Klar.« Kai hebt sein leeres Bierglas. »Noch eines.«

Auch das ist typisch. Vor der Hochzeit hätte er eine solche Frage mit galanter Selbstverständlichkeit an sie weitergegeben. *Möchtest du noch etwas trinken, mein Schatz?*

»Danke, nein«, antwortet sie dem Kellner, während sie daran denkt, dass vor der Hochzeit so vieles anders war. *Halt dein Glück gut fest*, hatte ihre Mutter gesagt, und sie hatte gelacht. Als ob es davonfliegen würde.

Doch genauso ist es gekommen. Nun, vielleicht ist es nicht *davongeflogen*. Das ist das falsche Wort. Es hat sich fast unmerklich, aber stetig davongeschlichen. Jeden Tag ein wenig mehr.

Sie sieht sich im Restaurant um, in dem riesigen lichtdurchfluteten Raum, der mit Gästen zum Bersten gefüllt ist. Wie sie hatten wohl auch all die anderen Mitte September noch auf einen sonnigen Ausklang des Sommers gehofft. Doch die Sonne hatte gegen die dichten Wolken der letzten Tage nicht die geringste Chance. Trotzdem ist sie von guter Laune geradezu umringt. Die anderen Gäste versprühen eine heitere Urlaubsstimmung, die ihr selbst schon nach der ersten Nacht abhandengekommen ist. Das lag nicht am Regen, der in Strömen floss, als sie ankamen, und auch nicht am Sturm, der auf den Regen folgte und sie bei ihren Spaziergängen fast vom Deich wehte. Und auch nicht am

Nebel, der heute früh aufzog und die Küste in weiße Watte packte.

Es lag an Kai.

Seit drei Tagen sind sie nun hier und seit drei Tagen quält er sie mit seiner Unnahbarkeit. Nachdem alle ihre bisherigen Nachfragen ins Leere gegangen sind, überlegt sie nun zum ersten Mal, ob sie mit ihm über ein mögliches Ende ihrer Ehe sprechen soll.

Sofort steigen ihr Tränen in die Augen. Schon der Gedanke daran, Kai zu verlieren, fühlt sich an, als würde man ihr das Herz bei lebendigem Leib aus der Brust reißen. Aber ewig so weiterzuleben würde sie auch umbringen. Und wer weiß, vielleicht rüttelt ihn die Ankündigung einer möglichen Trennung auf und bringt ihn wieder zu ihr zurück.

Mia neben ihr beginnt plötzlich zu weinen und sie nimmt einen Geruch wahr, der nicht in ein Restaurant passt.

»Na, mein Mäuschen, wollen wir mal deine Windeln wechseln?«

Sie nimmt ihre kleine Tochter hoch, um sie zu beruhigen, und küsst ihr die salzigen kleinen Tränchen von den Wangen.

Auch Kai lächelt nun.

»Mach das. Ich begleiche in der Zwischenzeit die Rechnung und wenn ihr wiederkommt, können wir spazieren gehen.«

* * *

»So, meine Süße, jetzt riechst du wieder gut.« Laura cremt ihre Babytochter ein und knuddelt sie liebevoll. Sie nimmt den Duft der Kleinen auf und drückt sie innig an ihre Brust. Mia ist die Krönung ihrer gemeinsamen Liebe. Sie ist zu einem Fixstern geworden, der ihr die Kraft gibt, um den Mann zu kämpfen, den sie vor ihrer Hochzeit kannte. Oder auch ihn gehen zu lassen, falls sie diesen Kampf verlieren sollte.

Sie sieht sich in dem luxuriösen Zimmer um. Kai hat die schönste Suite im Hotel gebucht. Ganz oben, in der vierten und letzten Etage, bietet sie einen traumhaften Blick über den Deich auf die See.

Also theoretisch. Wenn nicht gerade dichter Nebel herrscht, wie eben heute. Doch es hat auch etwas Gutes – die Luft riecht noch intensiver nach Meer als sonst.

Sie nimmt Mias warme Mütze und ihren Schnuller und trägt die Kleine wieder hinunter ins Restaurant.

Kai sitzt unverändert an seinem Platz mit dem Rücken zu ihr. Als sie näher kommt, kann sie sehen, dass er mit seinem Handy beschäftigt ist. Wieder mal. Mit dem verdammten Ding verbringt er so viel mehr Zeit als mit ihr. Oder seiner Tochter.

Sie kann erkennen, dass er WhatsApp geöffnet hat und sie weiß, was passiert, wenn sie noch einen Schritt näher kommt. Sie hat es oft genug erlebt. Er hat schon richtig Übung darin, blitzschnell auf eine andere App umzuschalten oder sein Handy auszuschalten, wenn sie den imaginären Zwei-Meter-Radius unterschreitet.

Doch es ist laut hier im Restaurant und er hört sie nicht. Kai bemerkt ihre Gegenwart erst, als sie unmittelbar hinter ihm steht und Mia zu quietschen beginnt.

Er zuckt zusammen und lässt mit einer einzigen flinken Bewegung das Mobiltelefon in seiner Hosentasche verschwinden. Was nicht nötig gewesen wäre. Denn sie hat bereits alles gesehen.

»Warum schleichst du dich so an?«, faucht er und seine dunklen Augen verengen sich zu Schlitzen.

»Warum bist du so ein Arsch?«, gibt sie zurück. Plötzlich aufgewühlt klingt ihre Stimme viel zu schrill. Das ältere Paar am Nebentisch sieht bereits herüber.

»Laura, bitte. Setz dich doch«, verlangt er mit gepresster Stimme.

»Nein.« Sie bleibt mitten im Restaurant stehen und beißt sich auf die Lippen. Mit einer unwirschen Geste wischt sie sich eine Träne von der Wange.

»Okay, dann lass uns gehen.«

»Nein.« Laura setzt Mia in ihren Buggy und schnallt sie fest, was zu lautstarkem Protest führt. Um das quengelnde Baby zu übertönen wird Kai ebenfalls laut.

»Laura, bitte. Lass uns reden.«

»Nein. Ich brauche jetzt Abstand. Und frische Luft.«

Während sie ihn anblafft, deckt sie die Kleine mit einer warmen Decke zu. Doch als sie mit dem Kinderwagen das Restaurant verlassen will, stellt er sich ihr in den Weg.

»Laura, bitte!«

»Lass mich vorbei!«

Kai starrt sie an, mit einem Blick, der ihr durch Mark und Bein geht. Obwohl er ihr nun Platz macht, hat sein Gesichtsausdruck etwas Bedrohliches.

Sie sieht sich um. Die Gäste an den benachbarten Tischen sehen neugierig zu ihr herüber. Ein ihr völlig unbekannter Mann springt von seinem Platz auf und hält ihr die Eingangstür auf. Die Luft, die hereinströmt, ist kühl, feucht und schwer. Sie kann den Nebel sehen, der sich wie eine Wand aus Watte im Hotelgarten zwischen die Bäume geschoben hat.

Sie presst die Lippen zusammen und schiebt den

Buggy Richtung Ausgang.
»Das wirst du bereuen«, zischt Kai ihr zu, als sie an ihm vorbeiprescht.

2

Sophie lässt den Korken knallen und es stört sie kein bisschen, dass der Champagner überläuft. Enno hat eine ganze Kiste davon mitgebracht, als er völlig unverhofft vor zwei Tagen bei ihr aufgetaucht ist.
Die Luft ist herrlich feucht und der Nebel verwandelt ihren Garten in ein mystisches Labyrinth.
»An einem Tag wie heute hätte man *Herr der Ringe* auch hier drehen können«, schwärmt sie.
»An einem Tag wie heute bleibt man am besten im Bett«, kommentiert Enno trocken.
»Wo wir den ganzen Tag waren«, gurrt Sophie.
»Und warum müssen wir jetzt den Champagner im Freien trinken?«
»Weil dieser Nebel fantastisch ist.« Sophie lacht und steckt sich ihre rötlich-braunen Locken hinter die Ohren. Beschwingt und beschwipst. Seit zwei Tagen haben sie das Bett nicht verlassen. Dank des Dienstplans hatte sie gestern frei und heute bloß Rufbereitschaft – und bislang blieb ihr Handy angenehm still.
 Sie gießt die Champagnergläser voll und dreht den Lautstärkeregler des kleinen CD-Players hinauf, um mit romantischen Klängen den Garten zu beschallen.

»Ich wollte immer schon mal nackt im Nebel tanzen.« Lachend legt sie das Handtuch ab, das sie um die Hüften trägt, und winkt Enno heran.

»Du machst mir 'ne Gänsehaut«, mault er, lässt aber folgsam die Hüllen fallen.

Sie schlürfen Champagner, schmiegen sich aneinander und wiegen sich im Takt zu *Bed of Roses*.

»Niemand kann uns sehen, weil dieser Nebel uns völlig verschlingt«, flüstert Sophie Enno ins Ohr.

»Na ja, fast . . .«

Er deutet auf den kleinen schwarz-weißen Kater, der auf dem Tisch neben der Champagnerflasche sitzt und sie mit wachsamen meergrünen Augen beobachtet.

»Otello!«, schimpft Sophie. »Du weißt doch, dass du nicht auf den Tisch darfst!«

Der Kater legt den Kopf schief und streckt die Vorderpfoten lang.

»Egal.« Sie wendet sich lieber wieder ihrem Tanzpartner zu und bedeckt ihn mit Küssen.

»Ich warne dich. Wenn du so weitermachst, müssen wir unbedingt wieder reingehen«, säuselt Enno und liebkost ihren Nacken.

»Du meinst . . .?«

»Ganz genau!«

»Daran ist nichts verkehrt.«

Doch das Schicksal ist offenbar der Meinung, dass ihr genug schöne Stunden vergönnt waren, denn Ennos Zärtlichkeiten werden jäh von dem aufdringlichen elektronischen Möwengeschrei unterbrochen, das sie bei ihrem Diensthandy als Klingelton eingestellt hat.

»Bitte nicht«, fleht sie und starrt das blinkende Gerät widerwillig an.

Er reicht es ihr mit einem Seufzer.

»Was mutt, das mutt.«

»Ach nee.« Sie verdreht die Augen. »Oberkommissarin Meerkatz hier, was gibts? Ja. Klar. Logisch. Ich komme.«
»Ein Mord?« Enno zieht die Augenbrauen hoch.
»Hoffentlich nicht. Jemand wird vermisst.« Sie lässt die Schultern sinken und schiebt die Unterlippe vor. »Bist du noch da, wenn ich wiederkomme?«
Enno schüttelt den Kopf und seine blitzblauen Augen mit den verboten langen Wimpern sehen plötzlich traurig aus. Liebevoll streicht er ihr eine widerspenstige Locke aus dem Gesicht.
»Mein Flug geht noch heute Nacht, ich hätte sowieso in einer Stunde aufbrechen müssen.«
»Doof. Und wann kommst du wieder?«
»Vermutlich erst in zwei bis drei Monaten, je nachdem wie gut die Ausstellungen laufen. Von Sydney fliegt man nicht schnell mal für 'n Wochenende heim.«
»Ja.« Sophie schlüpft in Jeans und einen wärmenden Pulli. Was soll sie da schon drauf sagen? Sydney ist richtig weit weg.
»Das ist der Nachteil, wenn man ein beliebter Künstler ist, da muss man mit seinen Bildern um die ganze Welt reisen«, entschuldigt sich Enno achselzuckend.
»Ein hartes Schicksal.« Sie entscheidet sich für warme Sneakers, die bis über die Knöchel reichen. »Was hab ich bloß für ein Glück, dass ich hierbleiben und bei dem Scheißwetter auf Verbrecherjagd gehen darf.«
»Gerade eben wars noch der mystische Nebel von Mordor...«
»Gerade eben war mein Leben auch noch perfekt.« Sie küsst ihn innig. »Wir sehen uns. Lass den Schlüssel unter der Matte liegen, wenn du gehst.«

3

Das Spa-Hotel *Nordmeer*, zu dem ihre Kollegin Svenja Tades sie hinbeordert hat, liegt am anderen Ende von Husum. Genau genommen in einem angrenzenden kleinen Ort namens Simonsberg, dessen Name ein wenig unverdient ist, da kein Berg weit und breit zu sehen ist. Für Sophie, deren gemietetes Häuschen in Schobüll und damit nördlich von Husum liegt, bedeutet das eine herausfordernde Fahrt von fast einer Stunde. Schuld daran trägt der Nebel, der stellenweise so dicht ist, dass ihr zwanzig km/h bereits waghalsig vorkommen. Stockdunkel ist es außerdem.

Auf dem Hotelparkplatz angekommen, hat sie trotz der dort vorherrschenden Beleuchtung Schwierigkeiten, den Eingang zu finden.

»Moin Sophie«, schallt es durch den Nebel. »Ich bin hier!«

Ihre Kollegin hat offenbar Augen wie ein Luchs.

»Moin Svenja.« Sie steuert auf schemenhafte menschliche Umrisse zu. Intensiver Zigarettenrauch steigt ihr in die Nase.

»Hast du mit dem Rauchen angefangen?«

»Das bin nicht ich.«

Erst jetzt erkennt Sophie, dass noch jemand hinter Svenja steht. Ein großer, schlanker Mann, der ein wenig weggetreten wirkt. Stark alkoholisiert oder auf andere Weise realitätsbefreit. Ob ihre Kollegin deshalb mit ihm an der frischen Luft wartet?

»Das ist Kai Friedrich«, stellt Svenja ihn vor. »Seine Frau Laura wird vermisst.«

»Aha.« Sophie sieht sich auf dem Parkplatz um. Doch der Nebel hat so gut wie alle Fahrzeuge verschluckt. »Mit oder ohne Auto?«

Friedrich reagiert nicht auf die Frage.

»Ohne«, antwortet Svenja statt ihm. »Der Audi quattro der Familie Friedrich ist noch da. Sie ist bloß mit dem Kinderwagen auf und davon.«

»Mit dem Kinderwagen?« Sophies Augen weiten sich.

»Ja. Mitsamt dem Baby drin. Mia, elf Monate alt.«

»Puhhh . . .« Sophie schüttelt sich. »Bei dem Wetter? In dieser Dunkelheit?«

»Tja.« Svenja verzieht das Gesicht mit einem Seitenblick auf den derangierten Menschen neben ihr. »Nun sind wir beim Thema. Laura, die Frau von Herrn Friedrich, ist bereits um ein Uhr mittags aufgebrochen.«

»Was?« Sophie sieht auf die Uhr. »Dann ist sie mit dem Baby schon über acht Stunden da draußen?«

Svenja nickt. »Das wäre möglich.«

»Das wäre möglich? Wo sollen sie denn sonst sein?«

»Nun, Herr Friedrich ist sich nicht sicher. Seine Ehefrau könnte auch abgereist sein.«

»Zu Fuß? Mit dem Kinderwagen?«

»Find ich auch seltsam«, stimmt Svenja zu. »Laut dem Hoteldirektor und der Mitarbeiterin an der Rezeption kam Frau Friedrich von ihrem Spaziergang nicht zurück. Niemand kann sich erinnern, ein Taxi für sie gerufen zu haben.«

Sophie zieht die Augenbrauen hoch und mustert Kai Friedrich skeptisch. Unter normalen Umständen ist er wohl ein attraktiver Mann und weiß das mit seinem sichtlich teuren schwarzen Seidenhemd zu betonen. Doch seine apathische Mimik ist irritierend. Statt der Sorge um seine Familie spiegelt sich lediglich eine gewisse Leere in seinen Augen. Sophie gefällt der erste Eindruck, den sie von ihm gewonnen hat, überhaupt nicht.

»Machen Sie die Zigarette aus und begleiten Sie uns hinein«, verlangt sie nun streng. »Wir haben eine Menge Fragen!«

4

In der Suite der Friedrichs wurde weder an Platz noch an Einrichtung gespart. Nicht nur die Möbel zeugen von Stil, auch die mit edlen Blumen gefüllten Vasen, die wohl für hochkarätige Romantik sorgen sollten.

Die Ermittlerinnen nehmen gerade mit Kai Friedrich auf der Couch Platz, als es an der Tür klopft. Sophie erhebt sich wieder und lässt einen uniformierten Beamten eintreten, der einen besorgten Eindruck macht.

»Dirk Reemtsma«, stellt er sich vor und räuspert sich.

Sophie streckt ihm die Hand hin.

»Oberkommissarin Meerkatz, das hier ist meine Kollegin Svenja Tades.«

Reemtsma nickt ihr zu.

»Wir kennen uns.«

»Nun, dann . . . .« Sophie macht eine einladende Handbewegung Richtung Wohnlandschaft, aber der Beamte geht nicht darauf ein.

»Das ist 'ne blöde Sache. Mit der Suche, mein ich. Ich war mit Kollegen oben am Deich, da ist es finster wie im . . .« Er räuspert sich erneut. »Äh . . . Keller ohne Licht. Also wir sehen da gar nichts.«

»Und mit Taschenlampen?«, hakt Sophie nach.

Reemtsma verzieht ein wenig mitleidig das Gesicht. »Sie ham noch nie mit 'ner Leuchte in 'nen Nebel geleuchtet, was?«

»Gibt es dafür nicht Nebelleuchten?«

»Stimmt.« Svenja nickt zustimmend. »Mit denen könnte man nach ihr suchen.«

»Ja. Wir versuchen das auch. Aber wir haben nicht so viele davon, also 'ne richtige Suchmannschaft können wir damit nicht ausstatten. Da müssen wir warten, bis es wieder hell wird.«

»Verstehe.« Sophie blickt argwöhnisch zu dem Ehemann der Vermissten hinüber. »Wie hoch stehen die Chancen, dass Ihre Frau einfach von unterwegs mit 'nem Taxi zu 'ner Freundin gefahren ist?«

Kai Friedrich zuckt die Schultern. »Keine Ahnung, aber so dicke ist sie mit keiner von ihren sogenannten Freundinnen. Wenn überhaupt, dann ist sie zu ihrer Schwester gefahren.«

»Haben Sie von der die Handynummer?«, fragt Sophie sofort.

»Klar. Hab auch schon angerufen, aber die weiß von nichts.«

»Geben Sie mir die Nummer, bitte.«

Sie tippt sie in ihr Mobiltelefon und wartet. Nach dem zweiten Läuten wird abgehoben.

»Hier Emma Buskohl.«

»Frau Buskohl, hier spricht Sophie Meerkatz von der Kripo Husum. Der Mann Ihrer Schwester . . .«

»Oh mein Gott! Habt ihr sie gefunden? Ist sie tot? Was ist mit Mia?« Die Stimme überschlägt sich beinahe vor Aufregung.

»Frau Buskohl, bitte beruhigen Sie sich. Wo sind Sie jetzt?«

»Auf dem Weg zu Kai, also ins Hotel Nordmeer. Ich

bin sofort losgefahren, als er angerufen hat. Ich komme aus Kiel, ich brauche noch circa eine halbe Stunde. Vielleicht auch mehr. Es ist so dichter Nebel . . .«

»Ja«, bestätigt Sophie. »Fahren Sie vorsichtig.«

»Also, die Schwester Ihrer Frau ist die Person, der Laura sich anvertrauen würde?«, wendet sie sich wieder an Friedrich. »Wenn sie Probleme hätte, meine ich.«

»Ja.« Er nickt, um es nochmals zu bestätigen, erhebt sich dann und wankt in Richtung Hausbar. Als er die Whiskeyflasche öffnet, ist Svenja neben ihm und nimmt sie ihm sanft aus der Hand.

»Das lassen wir mal lieber bleiben. Setzen Sie sich bitte wieder hin.«

Er grummelt, tut aber wie geheißen.

Reemtsma richtet seinen besorgten Blick nun auf Sophie und wiederholt sein Anliegen.

»Das müsst schon ein Wunder sein, wenn wir sie heute noch finden. Mehr Chancen haben wir mit einer groß angelegten Suche morgen früh.«

»Vermutlich haben Sie recht, Nacht und Nebel sind nun mal keine idealen Bedingungen.«

»Ja. Außerdem steigt die See. Und zwar rasch. Bei dem Nebel ist jeder, der den Deich verlässt, gefährdet.« Er tippt sich an seine Kappe und wendet sich zur Tür. »Ich melde mich, falls wir dennoch etwas finden.«

»Danke.«

Sophie schließt die Tür hinter ihm und nimmt ihren Platz auf der Couch wieder ein.

»So, Herr Friedrich. Jetzt spucken Sie mal alles aus. Was war da los, dass Ihre Frau mit dem Baby bei so einem Wetter allein rausgeht?«

»Äh, was meinen Sie?«

»Ich meine, das ist 'ne tolle Suite hier. Mit 'nem Wahnsinnsblick – trotz Nebel! Mir fällt kein besserer Ort ein, als genau dieses riesige Doppelbett, um sich verliebt zusammenzukuscheln und sich auf all das zu freuen, was man miteinander anstellen kann, wenn das Baby endlich schläft.«

»Äh . . . ich verstehe nicht . . . .«

»Mann, Herr Friedrich«, geht Svenja nun dazwischen, »warum läuft 'ne Frau aus 'nem Liebesnest wie diesem weg? Das kann doch nur an Ihnen liegen!«

»Sie sind ziemlich voreingenommen«, beschwert sich Friedrich prompt. »Na ja, vielleicht hatten wir 'ne kleine Diskussion . . . .«

»'Ne Diskussion? Worüber denn?«, will Sophie sofort wissen.

»Keine Ahnung, das war bevor ich an der Bar . . . .«

». . . das Gehirn in Alkohol ertränkte?«, rät Svenja.

»Ein paar Drinks bestellte, wollte ich sagen.«

»Okay.« Sophie bläst sich genervt eine Strähne aus der Stirn. »Besteht vielleicht die Möglichkeit, dass Ihre Frau dachte, die Diskussion wäre ein Streit gewesen, und deshalb mit dem Kind allein aufbrach?«

»Woher soll ich wissen, was die dachte? Kann überhaupt jemand wissen, was Frauen denken?«

Sophie verdreht die Augen. Dieser Friedrich macht es ihnen nicht gerade leicht. Es ist eine heikle Situation. Noch wissen sie nicht, ob Laura etwas zugestoßen ist oder nicht. Sollten Sie ihn jetzt schon festnehmen?

»Machen Sie sich Sorgen um Ihre Frau?«

Wieder hebt er bloß gelangweilt die Schultern. »Schon. Sonst hätte ich wohl nicht Alarm geschlagen.«

»Nach über acht Stunden . . . .«

»Ich bin eben keine Klette, bei mir hat 'ne Frau auch Freiraum . . . .«

»Das ehrt Sie«, meint Sophie sarkastisch, kriegt sich aber schnell wieder ein. »Und trotzdem, *Sie* haben uns

nicht verständigt. Das war der Hoteldirektor.«
»Ja, er meinte, er ruft besser die Polizei, und das hat er dann auch gemacht.«

Sophie schüttelt wegen dieser zur Schau gestellten Gleichgültigkeit innerlich den Kopf.

»Wie ist das mit Ihrer Tochter? Haben Sie Angst um die Kleine?«

»Nee, eher nicht. Die Laura ist spitze als Mutter, da hat Mia nichts zu befürchten.«

Sophie und Svenja tauschen Blicke ob der plötzlichen beinahe liebevollen Töne. In die Stille hinein ertönt das aufdringliche elektronische Möwengeschrei.

Sophie greift nach ihrem Handy und nimmt den Anruf an.

»Meerkatz.«

»Hier spricht Emma Buskohl, ich bin jetzt angekommen. Wo finde ich Sie?«

5

Der Hoteldirektor ist so freundlich, Sophie und der frisch angereisten Schwester der Vermissten einen Raum zur Verfügung zu stellen, in dem sie sich ungestört unterhalten können. Unaufgefordert wird auch ein Tablett mit heißen Getränken auf den Tisch gestellt.

Sophie nimmt sich dankbar einen Kaffee und mustert die sichtlich aufgewühlte Emma Buskohl. Sie wirkt ein wenig bieder in ihrer bis obenhin zugeknöpften beigefarbenen Bluse, und der altbackene Kurzhaarschnitt lässt ihre Gesichtszüge herb erscheinen. Ihre Hände zittern ein wenig und in ihren Augen spiegelt sich Angst.

»Ich sag Ihnen, da ist etwas passiert. Die Laura verschwindet nicht einfach so. Und schon gar nicht mit der kleinen Mia. Ganz sicher ist ihr etwas zugestoßen!«

»Warum denken Sie das?« Sophie schenkt für ihre Gesprächspartnerin ein Glas Wasser ein.

»Weil Laura meine kleine Schwester ist. Ihr ganzes Leben lang schon kommt sie mit allem, was sie bedrückt, zu mir.«

»Und diesmal nicht?«

Emma Buskohl schüttelt traurig den Kopf.

»Nee. Diesmal nicht.«

»Das muss aber nicht gleich das Schlimmste bedeuten«, sagt Sophie beschwichtigend.

»Doch. Es ist doch schon fast Mitternacht. Und sie hat Mia dabei. Das passt überhaupt nicht zu Laura.« Plötzlich springt sie auf und stürmt zur Tür. »Das Reden allein bringt doch nichts! Ich geh sie jetzt suchen!«

»Emma! Bleiben Sie hier!«, ruft Sophie und eilt ihr hinterher. Beim Hoteleingang wird die Verzweifelte von den Polizeibeamten gebremst, die gerade von ihrem Erkundungsgang zurückkehren. Dirk Reemtsma hält sie am Oberarm fest.

»Sie laufen jetzt besser nicht in den Nebel. Meine Jungs und ich sind schon den ganzen Tag auf den Beinen. Wir wollen nicht noch eine Frau suchen müssen, die vom Nebel verschluckt wird. Und das tut er, glauben Sie mir. Das Meer steigt jetzt schnell. Da geht niemand über den Deich, der noch bei Verstand ist.«

Emma Buskohl beginnt nun erbärmlich zu weinen, und Sophie führt die Unglückliche wieder in den Besprechungsraum zurück.

»Lassen Sie uns lieber überlegen, wo Ihre Schwester den Abend verbringen könnte, wenn wir davon ausgehen, dass ihr nichts zugestoßen ist.«

»Mit Mia? Nirgendwo«. Emma lässt sich verstört auf den Stuhl sinken. »Sie ist eine Bilderbuchmutter. *Babys brauchen einen geregelten Tagesablauf*, sagt sie immer, und das ist ihr wirklich wichtig. Mia wird jeden Tag um achtzehn Uhr gebadet, dann noch mal gefüttert und gewickelt und um neunzehn Uhr mit einem Einschlafritual ins Bettchen gebracht.«

»Hmm.« Sophie steckt ihre Locken hinter den Ohren fest. »Das ist in der Tat merkwürdig. Hat sie vielleicht trotzdem irgendwelche Freundinnen, von denen Sie wissen?«

»Ja, klar. Wer hat die nicht? Aber das sind mehr so Bekanntschaften für gemeinsame Unternehmungen, wie Baby-Yoga oder Shoppen.«

»Und die Beziehung zu ihrem Ehemann, wie ist die?«, wagt sich Sophie nun an das Thema heran, das sie am brennendsten interessiert.

»Kai . . .« Unschlüssig sieht Emma auf ihre gepflegten Finger, die sich ineinander verkrampfen. »Er war die Liebe ihres Lebens. Sie war völlig vernarrt in ihn, hat ihn geradezu vergöttert.«

»Frau Buskohl, bitte sprechen Sie nicht von Ihrer Schwester in der Vergangenheitsform. Es besteht durchaus noch Hoffnung . . .«

»Was? Ich . . . nein, ich . . . aber natürlich nicht! Den Gedanken könnte ich keinen Moment ertragen. Es ist bloß so, dass sie in letzter Zeit Zweifel bekam, was ihre Beziehung zu Kai betrifft.«

»Hat sie mit Ihnen darüber gesprochen?«

»Ja. Das erste Mal vor circa einem halben Jahr. Sie hat viel geweint an dem Abend und mir dann erzählt, wie es um Ihre Beziehung wirklich steht.«

»Also kriselt diese Ehe schon seit einem halben Jahr?«

»Länger. Schon seit Mias Geburt. Sie hat sehr lange gebraucht, bis sie es vor sich selbst eingestanden hat und dann noch mal 'ne Weile, bis sie mit mir darüber sprechen konnte.«

Sophie nickt mitfühlend. Nachdem sie Kai Friedrich bereits kennengelernt hat, kann sie sich gut vorstellen, dass ein Zusammenleben mit ihm nicht einfach ist.

»Geht es um Alkohol?«

»Alkohol?« Emma sieht überrascht auf. »Nein, von Alkoholproblemen weiß ich nichts. Es ist mehr

Gefühlskälte.«
»Gefühlskälte?«
»Ja. Kai ist sehr distanziert. Emotional abwesend. Verstehen Sie?«
Sophie nickt.
»Laura ist schon seit längerem todunglücklich, weil ihm offenbar jegliche normale Gefühlsregung fehlt. Erst hat sie versucht, ihn zu verführen, dann wollte sie ihn eifersüchtig machen. Irgendwie hat nichts funktioniert. Sie konnte tun und lassen, was sie wollte, er hat sich kaum noch für sie interessiert.«
»Und für Mia?«
»Ähnlich. Nach außen hin ein vorbildlicher Papa, aber wenn keiner zusah, fanden seine Bemühungen rasch ein Ende. Ich habe ihr geraten, sich aus dieser Ehe zu befreien, aber auf dem Ohr war sie taub. Sie sagte immer, das würde ihr Leben zerstören.«
»War Gewalt ein Thema?«, tastet sich Sophie weiter vor.
»Nein. Nie. Also bis jetzt nicht. Soweit ich weiß, war Kai noch nie gewalttätig. Er ist einfach gefühlsmäßig abgekapselt. Spielt ständig mit seinem Handy, liest Nachrichten, gibt einsilbige Antworten, so in der Art. Sie sagte oft, er ist auf eine Art passiv, die ihr im Herzen wehtut.«
»Und doch hat er sie geheiratet.«
»Ja, das hat er. Vor der Hochzeit war er anders. Er hat sich sehr um sie bemüht. Sie war so glücklich damals.«
Emma lässt erschöpft die Schultern sinken.
Sophie steht auf und reicht ihr eine Visitenkarte.
»Frau Buskohl, soweit ich informiert wurde, hat man Sie kurzfristig hier im Hotel untergebracht. Ruhen Sie sich jetzt aus. Sollte sich Ihre Schwester bei Ihnen melden, rufen Sie mich sofort an. Ansonsten startet

morgen die Suche. Wenn wir Glück haben, verzieht sich der Nebel bis dahin.«

Wenn du nicht weißt, was auf dich zukommt, konzentriere dich auf den nächsten Schritt

Mittwoch

6

Hauptkommissar Rüdiger Thomsen ist in seinem Element. Seit Kommissarin Svenja Tades ihn gestern Abend über die Situation in Simonsberg ins Bild gesetzt hat, ist er unermüdlich am Organisieren. Einen Suchtrupp zusammenzustellen, der aus unterschiedlichen Gruppen besteht, ist eine enorm anspruchsvolle Aufgabe, die eines kompetenten Leiters bedarf. Das Gebiet muss aufgeteilt und anschließend lückenlos durchkämmt werden.

Punkt sieben Uhr dröhnt sein mächtiger Bass durch das Megafon auf dem Parkplatz vor dem Hotel Nordmeer, wo sich Polizisten ebenso wie freiwillige Helfer versammeln.

»Diese Laura muss ohnmächtig oder tot sein, wenn sie bei dem Getöse nicht von allein angelaufen kommt«, flüstert Svenja ihrer Kollegin ins Ohr.

Sophie nickt düster.

»Das befürchte ich auch.«

* * *

Zehn Minuten später ist der Parkplatz leer. Die insgesamt vier Suchmannschaften sind aufgebrochen. Hauptkommissar Thomsen und sein Kollege Jasper Hinrichs führen jeweils einen Freiwilligentrupp an, Dirk Reemtsma die Polizisten, und der örtliche Feuerwehrkommandant die Helfer aus seiner Zunft. Erschwert wird das Vorhaben durch den Nebel, der nach wie vor wie eine dicke Decke auf dem Ufer und den angrenzenden Feldern liegt.

Sophie und Svenja, die im Hotel die Stellung halten, um alle eingehenden Meldungen weiterzuleiten, gehen wieder ins Restaurant hinein.

»Was macht der Ehemann?«, erkundigt sich Sophie.

»Der ist gestern auf dem Sofa eingepennt, und so wie es aussieht, pennt er dort immer noch.« Svenjas Gesichtsausdruck zeigt deutlich, was sie von Kai Friedrich hält.

»Er beteiligt sich nicht an der Suche?«

»Nö. Bloß die Schwester. Die ist in Thomsens Gruppe.«

»Das spricht nicht für ihn. Ich denke, wir sollten ihn wecken.«

Sie nehmen den zentralen Fahrstuhl, der zur Suite der Friedrichs führt, doch oben angekommen erwartet sie eine unangenehme Überraschung. Sie treffen lediglich das Zimmermädchen an.

»Wo ist Herr Friedrich?«, brüllt Svenja gegen den Staubsauger an.

Die Angestellte macht ihn aus. »Ich habe hier heute niemanden gesehen.«

»Verdammt«, flucht Sophie.

* * *

Der Nebel drängt sich unerbittlich zwischen die einzelnen Suchenden, die das Marschland am Ufer durchkämmen. Einer der Freiwilligen in Kommissar Jasper Hinrichs Truppe hatte die Idee, seinen Hund mitzubringen. Und tatsächlich ist es auch jener Labrador, der plötzlich auf eine Art und Weise Laut gibt, die die weidenden Schafe davonsprinten lässt.

»Alter Schwede!«, ruft sein Herrchen am anderen Ende der Leine.

Jasper, der ordentlich Fersengeld gibt, um der Sache schnellstmöglich auf den Grund zu gehen, wäre beinahe über den leblosen Körper gestolpert.

Jemand liegt hier, seltsam verkrümmt im hohen Gras der Uferböschung. Eine Frau – mit langen blonden Haaren und hellblauer Jacke, die genau jener Beschreibung entspricht, die sie erhalten hatten.

»Mann . . .« Mit beiden Händen fährt er sich durch die Haare und zieht sein Diensthandy aus der Hosentasche.

»Chef? Wir haben sie.« Jasper kniet nieder und legt seine Finger an ihre Halsschlagader. Sie fühlt sich kalt und leblos an. »Nee, ich glaube nicht, dass das Rettungsteam hier noch etwas nützt . . . ja, okay, dann sollen sie eben anrücken. Wo? Ja, gute Frage, nur drei, vier Meter unterhalb des Spazierwegs am Deich. Da waren soeben noch Schafe am Grasen . . . ich würde schätzen zwei Kilometer vom Hotel entfernt, in südlicher Richtung. Das Baby? Nee, keine Spur von. Nee, auch kein Buggy . . . bloß die Frau. Ja, verstehe. Okay, ich warte hier.«

7

Nach Jaspers Anruf bringt Thomsen seine Suchmannschaft zum Hotel zurück, bevor er zum Fundort der Leiche aufbricht. Die Schwester des Opfers ist völlig aufgelöst. Unter Tränen bettelt sie ihn an, mitkommen zu dürfen.
Doch der Hauptkommissar winkt Svenja heran und wirft ihr einen eindeutigen Blick zu.
»Die Frau Buskohl braucht ein wenig Betreuung.«
Sophie, die mit ihrer Kollegin vor dem Hotel auf das Eintreffen des Chefs gewartet hat, zippt ihre Jacke zu.
»Ich komme mit dir mit.«
Thomsen nickt und gemeinsam machen sie sich erneut auf in den Nebel.

* * *

Kommissar Jasper Hinrichs ist es nach etlichen Telefonaten gelungen, alle Personen, die nötig sind, zum

Fundort zu lotsen. Der Notarzt des Rettungsteams reagiert ein wenig ungehalten, als ihm die Leiche präsentiert wird.

»Das soll wohl ein Scherz sein?«

»Warum?«

»Die ist bereits kalt.«

»Hier ist es auch kalt.« Jasper reibt sich demonstrativ die Hände.

»Die ist auch schon steif.«

»Ich bin kein Arzt. Und in kühler Umgebung kamen schon Irrtümer vor.«

»Sie riecht bereits.«

»Ich hab einen Schnupfen.« Wie zur Bestätigung niest Jasper so heftig, dass der Arzt zwei Schritte zurückweicht. Er wirft diesem jungen Beamten mit der beginnenden Halbglatze noch einen bösen Blick zu und zieht anschließend mit seinem Team wieder ab.

Hauptkommissar Thomsen und Oberkommissarin Meerkatz treffen gleichzeitig mit Dr. Aiko Emmermann ein, der für die Leichenschau zuständig ist.

Jasper beobachtet die Szenerie nun ganz genau. Die Meerkatz und der Emmermann können einander nicht ausstehen, das gibt an jedem Tatort ein kleines Schauspiel. Bis jetzt steht es zwei zu null für seine Kollegin.

»Moin Rüde.« Der Leichenbeschauer reicht seinem alten Segelfreund Thomsen die Hand und wendet sich anschließend interessiert der Leiche zu. Sophie, die ihm folgt, ignoriert er geflissentlich.

»Ja, sie ist eindeutig tot. Die Leichenstarre hat bereits eingesetzt.« Während der Arzt die Tote abtastet, sammelt Sophie ihre eigenen Eindrücke.

Die Frau wirkt, als hätte sie der Tod übermannt, als sie versuchte, die Böschung hochzukriechen. Die Wiese unter und hinter ihr ist dunkelrot gefärbt. Da muss einiges an Blut geflossen sein.

»Herzinfarkt, Doktor?«, fragt sie mit einem aufgesetzt lieblichen Augenaufschlag, denn ihrer Erfahrung nach ist diese Todesart Emmermanns Top-Favorit.

»Witzig«, knurrt er und richtet seine weiteren Worte ausschließlich an den Hauptkommissar. »Sie wurde erstochen. Ich habe bereits drei Einstiche gezählt. Könnten noch mehr werden, wenn sie erst mal nackt auf dem Untersuchungstisch liegt.«

»Danke Aiko«, brummt Thomsen. »Ich bleibe hier, bis die SpuSi eintrifft. Meerkatz, du und Jasper, ihr könnt schon mit den Vernehmungen beginnen. Insbesondere das Alibi des Ehemanns ist hochinteressant.«

8

Svenja atmet erleichtert auf, als ihre Kollegen wieder im Hotel Nordmeer eintreffen.
»So viel Trauer ist nicht leicht zu ertragen. Emma Buskohl hat ihre Schwester wirklich geliebt und sie ist völlig verrückt vor Sorge um die kleine Mia.«
»Und der Ehemann?«, fragt Sophie. »Ist er wieder aufgetaucht?«
»Bis jetzt nicht. Er geht auch nicht an sein Handy.«
Jasper verzieht die Mundwinkel. »Dann werd ich mal 'ne Fahndung nach dem Herrn veranlassen. Hast du sein Geburtsdatum?«
»Nein, aber die Schwester der Toten kann dir sicher behilflich . . .« Svenja verstummt mitten im Satz und starrt ungläubig zum Fahrstuhl hinüber, aus dem gerade Kai Friedrich steigt. Sichtlich erholt und frisch geduscht.
Sophie ist sofort bei ihm.
»Herr Friedrich, wir haben Sie schon gesucht. Ich muss dringend mit Ihnen sprechen.«
»Jetzt? Nach dem Fitnesscenter hab ich immer Mordskohldampf. Ich bin auf dem Weg zum Frühstücksbuffet. Bevor es schließt«, setzt er pampig hinzu.

»Ja, jetzt. Es geht um Ihre Frau und Ihre Tochter.«

»Schon klar. Hilft es den beiden, wenn ich kein Frühstück kriege?«

Sophie schnappt nach Luft. Dieser Typ ist auch nüchtern ein Kotzbrocken.

»Mir hilft es – für die Ermittlungen. Je früher wir uns unterhalten, desto besser.« Sie macht eine einladende Bewegung zu den Aufzügen in der Lobby und er fügt sich ohne weitere Worte. Nur seine herabgezogenen Mundwinkel verraten seinen Widerwillen.

Svenja schlüpft ebenfalls noch mit hinein, bevor die Türen schließen.

»Jasper beginnt schon mit der Befragung des Personals«, flüstert sie Sophie zu.

In der Suite angekommen nehmen sie alle auf der Couch Platz.

»Was ist nun?«, fragt Friedrich unfreundlich. »Habt ihr Laura und Mia endlich gefunden?«

»Wir haben nur Laura gefunden«, antwortet Sophie beherrscht. »Sie ist tot.«

»Tot?« Kai Friedrich reißt die Augen auf. »Echt?«

»Ja, echt.« Sophie runzelt die Brauen. »Denken Sie, ich scherze?«

»Nein, das war dumm von mir. Es ist nur . . . ich kann es nicht glauben . . .«

Sophie verzieht angewidert ihr Gesicht, als sie seine Verwandlung beobachtet. Vom griesgrämig Verkaterten, der am Frühstück gehindert wird, zum abgehobenen Luftschlossspinner, der mit verklärtem Augenausdruck durch sie hindurch sieht.

»Sie freuen sich darüber?«

»Was? Nein, natürlich nicht.«

Sie sieht ihm an, wie er versucht, seine Gesichtszüge unter Kontrolle zu bekommen.

»Jemand hat sie ermordet.«

»Was?« Völlig unvermittelt springt er von der Couch auf und stemmt die Hände in die Hüften. »Was soll das heißen?«

»Dass der Tod Ihrer Frau kein Unfall war.«

»Oh Mann.« Mit einem Ausdruck, als ob er einen Geist gesehen hätte, presst er seine Daumen an die Schläfen und lässt sich wieder in die weichen Kissen sinken. »Und Mia?«

»Keine Ahnung.«

»Was heißt keine Ahnung? Wo ist sie?« Zum ersten Mal glimmt so etwas wie Sorge in Kai Friedrichs Augen auf.

»Wir haben sie noch nicht gefunden. Die Menschen da draußen im Nebel, die Ihre tote Frau gefunden haben, suchen nun weiter nach Ihrer Tochter. Bisher gibt es jedoch weder von Mia noch von ihrem Buggy eine Spur. Helfen Sie Ihrer kleinen Tochter. Sagen Sie uns, wo wir suchen sollen.«

Doch Kai Friedrich fährt sich mit beiden Händen durch die Haare und schließt die Augen. Mit fest aufeinander gepressten Lippen verfällt er in ein dauerhaftes Schweigen.

9

Dem Fahrer des Spurensicherungsdienstes ist es gelungen, mit dem Van auf den Deich hinaufzufahren. Thomsen winkt ihm erleichtert entgegen. In den letzten Minuten ist ihm doch empfindlich kalt geworden. Das wenige, das er über die Tote weiß, gibt er nun an die Kollegen der SpuSi weiter.

»Was wir ganz dringend brauchen, sind Hinweise, die uns verraten, wo die Babytochter der Ermordeten steckt. Und die Mordwaffe wäre auch nicht schlecht. Ein Messer vermutlich. Jedenfalls weist die Leiche mehrere Einstiche auf. Beeilt euch bitte mit den Fotos, ich möchte die Tote gern so rasch wie möglich auf dem Autopsietisch haben.«

Nachdem ihm das zugesichert wurde, stapft er durch den feuchten Nebel wieder zum Hotel zurück. Die kleine Mia geht ihm nicht aus dem Kopf. Elf Monate. Das ist so ein besonderes Alter. Da wartet man jeden Tag auf das erste Wort, den ersten Schritt. Peet war elf Monate und zwei Wochen alt, als er seine ersten Schrittchen machte. Gezählte drei am Stück, bis er auf seinem Windelpo landete. Seitdem ist viel Wasser über die Küste geschwappt und leider auch viel Unerfreuliches passiert.

Zu viel, als dass es sich hätte wieder kitten lassen. Deshalb hat er schon seit einigen Jahren keinen Kontakt mehr zu seinem Sohn. Doch letzten Monat hatte ihm ein Segelkamerad gezwitschert, dass sein Junge wieder nach Husum gezogen ist. Mit Frau und Baby. Einem kleinen Mädchen. Seitdem würde er zu gern wissen, wie sie aussieht, seine Enkelin.

Er zieht die Kapuze tiefer in die Stirn und zwingt sich, mit seinen Gedanken zu dem Fall zurückzukehren. Diesen Ehemann wird er sich höchstpersönlich vornehmen.

* * *

Als Thomsen im Hotel eintrifft, empfangen ihn Sophie und Svenja mit sauertöpfischen Mienen.

»Dieser Ehemann kooperiert nicht im mindesten!«, beschwert sich Sophie.

»Spricht kein Wort mehr«, ergänzt Svenja und schüttelt den Kopf so heftig, dass ihr blonder Pferdeschwanz nur so hin- und herschwingt.

»Dann gehe ich«, erwidert Thomsen und lässt sich den Weg zu Friedrichs Suite erklären.

Als er aus dem Fahrstuhl steigt, winkt ihm bereits ein uniformierter Kollege, der den Eingang bewacht.

»Moin Rüde.«

»Moin Sören«, antwortet Thomsen im Vorbeigehen und stößt ohne zu klopfen die Tür zur Suite auf.

Der Mann, der drinnen quer auf dem Doppelbett liegt, springt nervös auf.

»Wer sind Sie?«
»Hauptkommissar Rüdiger Thomsen. Herr Friedrich, wo ist Ihre Tochter?«
Kai Friedrich legt sich ohne zu antworten wieder hin.
Thomsen guckt überrascht. Was ist los mit diesem Mann?
»Wollen Sie uns nicht helfen, Sie zu finden?«
Doch der frisch Verwitwete starrt weiterhin regungslos an die Decke.
Thomsen strafft die Schultern.
»Sie kommen jetzt mit aufs Revier. Wir werden dort Ihre Aussage aufnehmen.«
Mit diesen Worten verlässt er den Raum, ohne sich weiter um Friedrichs apathisches Verhalten zu kümmern.
Vor der Suite wird er dem Beamten gegenüber deutlich.
»Hol deinen Kollegen, ihr beide bringt mir den Kerl aufs Revier. Setzt ihn dort in einem Vernehmungsraum fest und nehmt ihm das Handy ab!«

10

Sophie staunt nicht schlecht, als Mareike Utrecht, die gestern Abend an der Bar Dienst hatte, die Befragung zum Anlass nimmt, ihr ihre gesamte Lebensgeschichte zu erzählen.

»Ähm, das ist wirklich sehr interessant, aber ich muss mir jetzt die wesentlichen Punkte notieren«, unterbricht Sophie die Auskunftsfreudige nach einer Weile. »Wann genau kam Herr Friedrich gestern an die Bar?«

»Schon mittags, kurz nach eins.«

»Waren um diese Zeit viele Gäste da?«

»Nein, die waren alle noch beim Essen. Er war der einzige. Deshalb weiß ich es auch genau.«

Mareike zieht einen kleinen Schminkspiegel aus ihrer Handtasche, nimmt einen Lippenstift heraus und beginnt ihre Lippen nachzuziehen.

»Und wie lange blieb er?«

»Bis um vier.«

»Hat er viel konsumiert?«

»Schon. Hauptsächlich Bier.«

Sie presst die Lippen ein paar Mal aufeinander und packt den Spiegel und die Schminkutensilien wieder weg.

»In welcher Verfassung war er?«

»In keiner guten jedenfalls. Er und seine Frau sind ja schon länger hier, und er kam immer wieder mal zu unterschiedlichen Zeiten auf einen Drink oder mehrere zu mir an die Bar. Er war sehr charmant.«

»Charmant?«, hakt Sophie nach, nur um sicherzugehen, dass sie von demselben Mann sprechen.

»Ja, doch. Freundlich und witzig.«

»Und heute nicht?«

»Nee. Er war geistig völlig abwesend. Zwischendurch hatte ich sogar das Gefühl, er kennt mich gar nicht.«

»Ist Ihnen sonst noch etwas aufgefallen?«, hakt Sophie weiter nach.

»Nun, ich denke, er war nervös. So fummelig. Hat einmal beinahe sein Bier umgestoßen.«

»Hat er mit jemandem gesprochen?«

»Nee. Nicht mal mit mir. Ich sagte ja, er war völlig daneben. Hat entweder in die Luft gestarrt oder mit seinem Handy rumgespielt.«

»Konnten Sie erkennen, welche App er geöffnet hatte?«

»Vom Gefühl her 'ne Messenger App. Die Leute, die bloß Nachrichten lesen, tippen nicht so viel«, erklärt sie wissend. »Außerdem hatte ich den Eindruck, dass er immer wieder sehr nervös auf eine Antwort wartete.«

»Hmm . . .« Sophie tippt mit dem Stift auf das Papier. »Er blieb also bis um vier. Hat er gesagt, wo er dann hinging?«

»Nein.«

»Haben Sie vielleicht mitbekommen, wann er wieder ins Hotel zurückkam?«

»Logisch. Er kam ja direkt von draußen zu mir an die Bar. In Jacke und Mütze. Und hat noch ein Bier bestellt. Da war es ungefähr acht, vielleicht Viertel nach. Erst als ich nach seiner Frau fragte, ging er hinauf in seine Suite, um nachzusehen. Kurz darauf war er wieder da und sagte, dass er heute wohl allein essen werde. Da wusste ich noch nicht, dass sie verschwunden war, ich dachte, sie würde mit der Kleinen auf dem Zimmer bleiben.«

»Wann haben Sie davon erfahren, dass Frau Friedrich vermisst wurde?«

»Als ihr Mann nach dem Essen wiederkam. Er bestellte noch ein Bier und dann noch eines, und irgendwann fragte ich noch mal nach seiner Frau und da sagte er, sie hätte ihn wohl verlassen. Da hab ich natürlich nachgehakt und als ich erfahren habe, dass sie von ihrem Mittagsspaziergang mit dem Baby nicht zurückgekehrt war, hab ich meinen Chef informiert. Er hat dann mit Herrn Friedrich gesprochen und danach entschieden, die Polizei zu verständigen.«

»Was denken Sie, warum hat Herr Friedrich das nicht selbst gemacht?«

Sie zuckt unschlüssig mit den Schultern.

»Woher soll ich das wissen? Ich kann nur sagen, er war irgendwie neben sich.«

11

»Das ist heute wieder ein Tag«, stöhnt Svenja am späten Nachmittag in der kleinen Personalküche in den Räumlichkeiten der Kripo und schenkt sich ihre riesige Tasse mit extra starkem Kaffee voll. »Und das nach dieser Nacht! Ich hab höchstens drei Stunden geschlafen.«

»Beneidenswert.« Sophie grinst und bringt Jasper zum Schmunzeln.

»Nee. Nicht deshalb. Wir haben Lämmchen bekommen. Zwei Stück. Und das zweite kam mit den Füßen zuerst. Okko musste es rausziehen.« Svenja verzieht bekümmert das Gesicht. »Es war auch viel kleiner als das erste und kam nicht auf die Beine.«

»Oh.« Sophie, deren Tiererfahrungen bislang auf ihren kleinen Kater beschränkt sind, schaut verblüfft auf. Das Leben auf einem Hof mit einem Bio-Bauern ist für sie eine völlig unbekannte Welt. »Und was macht man da?«

»Okko meinte erst, wir warten mal, aber um drei Uhr morgens haben die Kleinen so erbärmlich geschrien, dass wir in den Stall mussten. Das Mutterschaf lief nervös im Kreis und die Kleinen lagen hilflos im Stroh, weil sie nicht trinken konnten.«

»Und dann?« Auch Jasper ist nun ganz gebannt.

»Okko hat mit ganzer Kraft die Mutter gegen die Wand gedrückt, um sie ruhigzustellen, und ich hab die Kleinen hochgehoben und an die Zitzen gehalten. Also eines nach dem anderen.«
»Oh Mann . . . und da heißt es immer, Tiere schaffen das mit dem Instinkt.«
»Also Okkos Schafe nicht . . .« Svenja lacht, während sie sich mit dem Kaffee an ihren Schreibtisch begibt.
»Otello würde auch verhungern.« Sophie lässt sich mit einer Pobacke auf dem Schreibtisch ihrer Kollegin nieder.
»Mit seinem Jagdtalent schafft er gerade mal einige altersschwache Käfer.«
»Das wird schon noch«, meint Jasper. »Meine Mutti sagt immer, als Jäger wird man nicht geboren.«
Sophie lacht. »Deine Mutti hat aber auch für alles einen Spruch. Was sagt sie denn zu deiner Freundin?«
»Du meinst die Sabrina?«
»Hast du 'ne andere?« Svenja gluckst amüsiert. Es war schon schwierig genug, die eine zu finden. Ohne ihr entschlossenes Engagement im Namen ihres Kollegen auf einer Online-Dating Seite wäre er immer noch Single.
»Nee.« Er kratzt sich verlegen hinterm Ohr. »Natürlich nicht. Heute Abend darf ich das erste Mal zu ihr nach Hause.«
»Jackpot.« Svenja grinst. »Dann mal ran an den Speck.«
Jasper wird auf der Stelle rot. »Sagst du das jetzt, weil sie nicht ganz so schlank . . .«
Sophie kichert. »Quatsch. Sie meint, du sollst sie flachlegen.«
»Schon beim ersten Mal, wenn ich bei ihr Zuhause bin?«
»Versuchen musst du es auf jeden Fall«, rät Svenja. »Sonst denkt sie, sie wär nicht attraktiv für dich.

Immerhin hat sie dich eingeladen, oder?«

»Ja schon. Aber zum Essen.« Jasper sieht ein wenig verunsichert zwischen seinen Kolleginnen hin und her. Svenja verdreht die Augen. »Oh Mann, womit hab ich das verdient . . . ?«

»Beschwerst du dich über deinen Job?«, fragt plötzlich der Hauptkommissar, der für seine Verhältnisse nahezu lautlos den Großraum betreten hat.

Sie kichert. »Würde ich niemals. Wenn, dann nur über den Chef!«

»Du und dein freches Mundwerk! Gibt es noch Kaffee?« Er mustert seine Mitarbeiter der Reihe nach.

Jasper, der die Kanne leer gemacht hat, zieht schuldbewusst den Kopf ein. »Ich geh schon und brüh frischen auf.«

»Vielen Dank auch«, ruft Thomsen ihm sarkastisch hinterher und wendet sich seiner Oberkommissarin zu.

»Was haben die ersten Befragungen im Hotel ergeben?«

»Die Kurzfassung?«, fragt Sophie retour.

»Ja.«

»Kai Friedrich hat kein Alibi für die Zeit zwischen sechzehn und zwanzig Uhr.«

»Ach?«

»Ja, und es hat jemand gesehen, dass er mit dem Auto wegfuhr. Um sechzehn Uhr«, ergänzt Svenja.

»Und bis dahin?«, hakt Thomsen nach.

»War er am Saufen, ganz allein an der Bar. Verwechslung ausgeschlossen.«

»Hmm«, brummt Thomsen.

»Gibts Neuigkeiten von dem Baby?«, will Sophie wissen.

»Nee. Leider nichts. Niemand hat die Kleine oder ihren Buggy gesehen. Ein Teil der Suchmannschaft ist immer noch draußen.« Er sieht auf die Uhr. »Die Sicht wird aber minütlich schlechter.«

»Mist.« Sophie verzieht das Gesicht. »Es ist wirklich deprimierend, dass so ein kleines Kind in diese hässliche Sache verwickelt ist.«

Jasper kehrt mit einer Tasse heißem Kaffee für seinen Chef zurück. »Hätte man es gefunden, wenn es . . .«, beginnt er, verstummt aber dann.

»Du meinst, wenn es mit dem Kinderwagen den Deich hinunter bis ins Meer gerollt und ertrunken wäre?«, spricht Thomsen aus, was alle denken.

»Ja.« Jasper senkt den Kopf.

»Darüber streiten sich die Experten. Von den Einheimischen, die sich mit dem Watt auskennen, hab ich zwei befragt. Der eine sagt, es wäre möglich, dass die Kleine angeschwemmt wird, der andere meinte, dass sie wohl eher erst mal hinausgetrieben wird. Gleiches gilt für den Kinderwagen. Unser Dienststellenleiter hat zur Unterstützung die Küstenwache mobilisiert, aber die sind auch noch nicht fündig geworden.«

Der aufdringliche Klingelton von Thomsens Diensthandy unterbricht das Gespräch, und er hebt sogleich ab.

»Ja? Okay, danke.«

Nachdem er wieder aufgelegt hat, wendet er sich an Sophie.

»Pause vorbei, Meerkatz. Schnapp dir die Schwester. Sie kann die Tote jetzt im Klinikum identifizieren.«

»Wieso die Schwester?«, begehrt Sophie auf. »Ich will dort mit dem Ehemann hin.«

»Wieso das denn?«, fragt Thomsen zurück.

»Weil das ein emotionaler Moment ist. Das ist zurzeit die stärkste Waffe, die wir haben. Der Typ ist völlig verstockt, überheblich und unterschwellig aggressiv. Aber der Moment, wenn er die Frau tot sieht, die er mal geliebt hat, kann uns ein kleines Zeitfenster verschaffen, in dem er verwundbar ist.«

»Du bist eine Füchsin, Meerkatz! Aber nein.« Damit wendet er sich zum Gehen.

»Warum nicht?«, ruft Sophie ihm verärgert hinterher.

Er dreht sich achselzuckend um.

»Budget. Ich hab den arroganten Fischkopp festgenommen, schon vergessen? Wenn er mitfahren soll, müssen wir 'ne Bewachung für ihn stemmen. Also ist mir lieber, er schmort 'ne Weile. Das bringt ihn sicher genauso zum Reden.«

»Quatsch.« Sophie springt auf und starrt ihren Chef zornig an. »Täter muss man mit ihren Taten konfrontieren, nicht einfach in Ruhe lassen, bis der Anwalt kommt. Mensch, Rüde, das weißt du doch! Du vergibst wegen ein paar Euro 'ne Riesenchance!«

Thomsen steht nun wie ein Baum im Raum und betrachtet sie mit zusammengezogenen Brauen.

»Denkst du, das läuft hier demokratisch? Ein kleiner Hinweis am Rande: Tut es nicht.«

»Aber das ist . . .«, nimmt Sophie einen weiteren Anlauf.

»Chefsache«, unterbricht Thomsen. »Du holst jetzt die Schwester für die Identifizierung, und ich bring in der Zwischenzeit den Mistkerl zum Reden.«

12

Die Luft in dem Vernehmungsraum riecht verbraucht. Hatte Kai Friedrich bei seiner Ankunft noch den Zedernholz-Orangen-Duft seines Duschgels versprüht, so herrschen mittlerweile andere Aromen vor. Eine Art Mischung aus Angstschweiß und Restalkohol.
Thomsen nimmt es zufrieden zur Kenntnis. Angstschweiß ist immer gut. Er beobachtet den Touristen aus Hamburg, der ihm gegenüber sitzt, nun schon seit einer Weile.
Der Mann ist in keinem guten Zustand. Er wirkt fahrig, verkatert, zittrig und nervös. Bestimmt würde er töten für einen Drink und eine Zigarette.
Nun, mit Alkohol kann er ihn beim besten Willen nicht ködern, aber vielleicht tut es auch ein Kaffee.
»'N Käffchen?«
»Mhm.« Friedrich nickt mit abwesendem Blick.
Thomsen erhebt sich und gibt dem Kollegen vor der Tür Bescheid.
Weitere Minuten verstreichen, in denen der Hauptkommissar sein Gegenüber ungeniert taxiert.
Als der Kaffee im Pappbecher geliefert wird, spielt er die nächste Karte aus und zieht eine Schachtel Marlboro aus der Tasche. Selbst Nichtraucher, hat er schon gute

Erfahrungen mit dieser Taktik gemacht.
»'Ne Kippe?«
Friedrich nickt erneut und akzeptiert auch das Feuer, das Thomsen ihm nun offeriert.
Er inhaliert tief und schließt die Augen.
Der Hauptkommissar lächelt in sich hinein. Jetzt ist der richtige Moment.
»Herr Friedrich, wo waren Sie gestern zwischen sechzehn und zwanzig Uhr?«
Friedrich reagiert nicht. Er öffnet nicht mal die Augen. Thomsen versucht es noch zweimal. Ebenfalls ohne Erfolg.
»Verdammt, Friedrich. Jetzt reden Sie endlich! Wo waren Sie gestern Nachmittag und wo ist Ihre Tochter?«
Doch der groß gewachsene dunkelhaarige Mann mit den dunklen Augen, die er hartnäckig geschlossen hält, ignoriert ihn weiterhin. Er raucht seelenruhig die Zigarette bis auf den Filter hinunter und drückt sie anschließend aus.

Dann kippt er den Rest des Kaffees hinunter, ohne dass ihm auch nur ein Wort über die Lippen kommt.

»Nun reden Sie doch endlich!«

Thomsen kann das Gesicht der Meerkatz beinahe leibhaftig vor sich sehen. Wie sie sich ihre rötlichen Locken hinter die Ohren steckt, ihn mit ihren rehbraunen Augen spöttisch mustert und ihn mit ihrem besserwisserischen Grinsen wie einen Schuljungen dastehen lässt.

»Haben Sie denn gar nichts zu sagen?«, unternimmt er einen letzten Versuch.

»Doch.« Kai Friedrich hebt die Augenlider ein klein wenig, gerade genug, um ihm einen verächtlichen Blick zuwerfen zu können. »Ich will mit meinem Anwalt telefonieren.«

13

»Sie tut mir richtig leid.«

Svenja schließt die Tür des Klinikums und sieht der Schwester des Opfers hinterher, wie sie mit hängenden Schultern davonschleicht. Verstohlen wischt sie sich mit dem Handrücken eine Träne aus dem Gesicht.

»Ja, ihre Traurigkeit ist ansteckend«. Sophie reicht ihrer Kollegin ein Taschentuch.

»Ich bin so unprofessionell«, schämt sich Svenja. »Zum Glück hat der Rüde das nicht gesehen.«

»Der ist auch nicht gerade der Professionellste. Sonst hätte er der armen Emma Buskohl das Drama erspart. Mit Kai Friedrich wäre es völlig anders verlaufen. Dann wüssten wir jetzt vielleicht mehr.«

»Denkst du, er wars?«, schnieft Svenja.

»Wer sonst? Es gab Streit, er betrank sich, verließ das Hotel für vier Stunden, kam dann wieder zurück und trank weiter. Also ja, das riecht sehr stark nach Schuld.«

»Das Gefühl hab ich auch. Alle Zeugen, die ich befragt habe, sagten, das Ehepaar Friedrich hätte urplötzlich mitten im Restaurant eine laute Diskussion angefangen. Sie wollte mit dem Buggy hinaus und er hat ihr vor allen Leuten den Weg versperrt. Wenn er schon vor Publikum einen Streit so eskalieren lässt, was macht er dann mit ihr, wenn niemand zusieht?«

»Du meinst, niemand außer seiner kleinen Tochter«, präzisiert Sophie.

»Oh mein Gott!« Svenja reißt die Augen auf. »Denkst du, sie musste mit ansehen, wie er auf ihre Mutter einstach?«

Sophie seufzt. »Das werden wir wohl nie erfahren. Ich hoffe bloß, dass sie noch lebt.«

Das Klingeln des Diensthandys begleitet ihren letzten Satz. *Kommissar Hinrichs* steht am Display.

»Moin Jasper.«

»Moin Sophie. Der Chef will wissen, wann ihr kommt.«

»Wir biegen gleich auf den Parkplatz ein. Es hat ein wenig länger gedauert, weil unsere Zeugin sehr gelitten hat.«

* * *

Thomsen hat das Team um den Besprechungstisch in seinem Büro versammelt. Dass er so lange auf seine weiblichen Teammitglieder warten musste, passt ihm gar nicht.

»Also?« Er sieht Sophie auffordernd an.

»Ja«, sagt sie. »Die Tote ist Laura Friedrich. Ihre Schwester hatte nicht den geringsten Zweifel.«

»Jasper?«

»Von den Suchmannschaften nichts Neues. Es gibt weder vom Baby noch von dem Kinderwagen eine Spur.

Auch die Küstenwache hat nichts gefunden.«
Thomsen verzieht das Gesicht. Das ist nicht die Antwort, die er sich erhofft hatte. Außerdem bemerkt er, dass die Meerkatz nun ihr Kinn vorreckt.
»Und der Verdächtige?«, fragt sie, als ob sie die ganze Zeit nur darauf gelauert hätte. »Hat er schon gestanden?«
»Noch nicht.«
»Hat er wenigstens Hinweise geliefert, die uns helfen, seine Tochter zu finden?«, stichelt sie weiter.
Thomsen grummelt etwas Unverständliches.
»Wie bitte?«
Nun fixiert sie ihn mit leicht zusammengekniffenen Augen. Diabolisch. Wie eine Kobra kurz vor dem Biss.
»Noch nicht«, brummt er missmutig.
Svenja gähnt herzhaft.
»Langweilen wir dich?«, blafft er sein jüngstes Teammitglied an, im Geheimen jedoch dankbar für die Ablenkung.
»Sorry, Chef, ich bin einfach so müde . . .«
»Dann solltest du die Nächte besser zum Schlafen nutzen!«
»Sie hatte 'ne Geburt«, stärkt Jasper ihr den Rücken.
»Sie hatte was?« Thomsen sieht ungläubig zwischen seinen Leuten hin und her.
»Moin Moin, ihr Lieben!«, tönt es plötzlich aus dem Großraum und Thomsen steht erleichtert auf. Die Stimme gehört zu Maike, und die Unterbrechung, die sich durch ihre Ankunft ergibt, ist ihm sehr willkommen.
»Hier sind wir«, ruft er lauthals und kurz darauf erscheint seine Liebste mit einem großen Tablett im Türrahmen.
»Käsekuchen?« Auch Jaspers Gesichtszüge hellen sich auf.
»Aber sicher«, lächelt Maike warmherzig.

»Da wird die Sabrina aber schimpfen, wenn du dir schon vor dem Essen den Bauch vollschlägst«, lästert Svenja.

»Meinst du?«, fragt er verunsichert und hält in seiner Bewegung inne.

»Quatsch«, entgegnet Maike. »Ein Stück geht immer.«

14

Nach dem riesigen Stück Käsekuchen, das Maike ihr hartnäckig aufgedrängt hat, spart sich Sophie das abendliche Kochen und beschränkt sich darauf, für Otello eine Dose Katzenfutter zu öffnen. Anschließend schenkt sie sich ein Glas Rotwein ein und sieht ihm eine Weile beim Fressen zu. Mit dem Glas in der Hand öffnet sie die Terrassentür.

Der Nebel steht immer noch wie eine Wand in ihrem Garten, eine dunkle, undurchsichtige und feuchte Wand, die deutlich kälter ist, als die Tage zuvor. Die niedrigen Temperaturen verleiden ihr den Aufenthalt im Freien. Andererseits möchte sie auf ihre abendliche Zigarette nicht verzichten. Also zieht sie seufzend ihre warme Jacke über und begibt sich in die feuchte Kälte.

Während sie den Rauch inhaliert, ruft sie ihre beste Freundin Alex an. In Berlin waren sie ein tolles Team. Die Mordermittlerin und die Gerichtsmedizinerin – wie Rizzoli & Isles. Bloß, dass ihnen nur ein einziger gemeinsamer Fall vergönnt war. Aber den hatten sie souverän gelöst. Und von da an war ihre Freundschaft der Fels in der Brandung in Sophies Leben.

»Hi Süße, hast du endlich Feierabend?«, meldet sich

Alex gut gelaunt wie immer.

»Ja, hab ich. Und ich bin völlig erschöpft. Gestern noch hatte ich sexy Spaß mit Enno und heute taucht ein richtig scheußlicher Mord auf.«

»Erzähl mir lieber von dem sexy Spaß . . . mit *Enno?* Das ist doch der Bruder deines Kollegen, nicht wahr?«

»Fast. Er ist Jaspers Halbbruder.«

»Richtig. Ich erinnere mich. Mit dem hattest du schon verschiedene Arten von Spaß. Reden wir dieses Mal von Mega-Orgasmus-Spaß?«

Sophie schmunzelt. »Da liegst du nicht ganz falsch. Allerdings wars das jetzt wieder für 'ne lange Zeit, er ist bereits in Sydney.«

»Oh Mann«, kichert Alex. »Du hast echt ein Talent, deine Liebhaber in die Flucht zu schlagen.«

»Haha«, knurrt Sophie.

»Korrigiere mich, wenn ich falschliege«, gurrt Alex, »aber soviel ich weiß, ist Evando erst vor wenigen Wochen nach Amerika geflüchtet . . . und Enno nun nach Australien?«

»Geflüchtet? Hast du tatsächlich *geflüchtet* gesagt? Das traust du dich nur, weil Berlin so weit weg ist!«

»Das stimmt.« Alex lacht. »Viel zu weit. Speziell morgen.«

»Hör mir bloß mit morgen auf«, stöhnt Sophie.

»Warum? Die meisten Menschen mögen ihren Geburtstag, also werde ich ihn zumindest erwähnen dürfen.«

»Nein. Darfst du nicht.«

»Aber mit deinem Team wirst du wohl ein Gläschen trinken? Dein Grummelchef hat sicher schon eine gute Flasche kaltgestellt.«

»Klar. Sogar mehrere. Was das Kaltstellen von Flaschen betrifft, kann man sich auf den Rüden verlassen.

Die sind aber mit Sicherheit nicht für mich. Heute war er schon wieder der volle Arsch.«

Während Sophie sich den Frust von der Seele redet, krault sie den kleinen Kater hinter den Ohren.

Alex hört eine Weile geduldig zu, doch dann räuspert sie sich.

»Ich glaube, ich habe eine gute Nachricht für dich.«

»Schieß los.«

»Ich habe heute ein Geburtstagspäckchen für dich erhalten. Von Finn.«

Sophie stockt der Atem. *Alles, nur das nicht.* Wegen dieses Mannes hat sie Berlin verlassen, sich von allem getrennt, was ihr lieb war, nur um unbelastet woanders neu anfangen zu können.

»Und das nennst du eine gute Nachricht?«

»Ja. Überleg doch mal. Letzten Monat hat er mich gebeten, dir auszurichten, dass er dich bald besuchen kommt, weißt du noch?«

»Klar.« Sophie verdreht die Augen. Als ob sie das vergessen könnte.

»Und jetzt schickt er ein Geburtstagsgeschenk für dich an *mich*. Ergo hat er deine Adresse nicht.«

»Okay, wenn man es so sieht, ist es eine gute Nachricht. Aber dieses Päckchen, das schickst du ihm postwendend zurück.«

»Soll ich nicht lieber reingucken?«

»Auf gar keinen Fall!«

»Okay, okay. Krieg dich wieder ein. Sonst graben sich hässliche Sorgenfalten in dein Gesicht. Schließlich neigen sich deine prickelnden Jungmädchentage dem Ende zu. Ich seh' die Vierzig schon von der Ferne winken«, spöttelt Alex.

»Bist du verrückt, du böses Weib?«, schimpft Sophie. »Ich werde gerade mal dreiunddreißig!«

*Der krumme Baum lebt sein Leben,
der gerade wird ein Brett*

Donnerstag

15

»Happy birthday to you, happy birthday to you, happy birthday liebe Sophie-ieee, happy birthday to you!« Svenja und Jasper singen sich die Stimme aus dem Leib, während der Hauptkommissar in einem tiefen Bass halbwegs passend dazu brummt. Sophies Wangen färben sich rot. Diese Art von Aufmerksamkeit war ihr immer schon ein wenig peinlich.
»Alles Gute, meine Liebe«, flötet Svenja und verpasst ihr ein Küsschen auf die Wange.
»Auch von mir.« Jasper setzt ebenfalls zu einem Küsschen an, traut sich aber im letzten Moment doch nicht und macht aus Verlegenheit einen Schritt zurück.
»Also, hm ja, alles Liebe.«
»Von mir natürlich auch.« Thomsen hält eine Sektflasche hoch. »Die kühl ich für abends ein. Da stoßen wir dann auf das Geburtstagskind an.«
»Danke.« Sophie ist gerührt. »Das ist sehr lieb. Von euch allen.«
Offenbar muss auch Thomsen gegen die Verlegenheit ankämpfen, denn er kratzt sich ausgiebig hinterm Ohr.
»Gibts was Neues von Baby Mia?«, fragt Sophie. Die Kleine ist ihr letzter Gedanke vor dem Einschlafen und

ihr erster, wenn sie wieder aufwacht. Doch ihr Chef schüttelt den Kopf.
»Nein. Nichts. Nada. Niente. Ich geh dann mal die Vernehmung von Kai Friedrich fortsetzen. Vielleicht hat ihn die Nacht, die er in unserem Gewahrsam verbracht hat, gesprächiger gemacht.«
»Und wir trinken erst mal einen Kaffee.« Svenja schwenkt die Kanne.
»Oh ja, danke.« Sophie bläst sich eine Locke aus der Stirn und lässt sich mit einer Pobacke auf dem Schreibtisch ihrer Kollegin nieder. »Wie war deine Nacht? Haben die Lämmchen dich schlafen lassen?«
»Ja. Stell dir vor. Die kleinen Süßen finden die Zitzen nun ganz von allein. Und laufen auch schon beide munter herum.«
»Schön.« Sophie nimmt einen Schluck heißen Kaffee. Ihr Blick fällt auf Jasper, der mit gequältem Gesichtsausdruck aus dem Fenster starrt.
Schon vorhin war ihr aufgefallen, dass mit ihm etwas nicht stimmt.
»Alles okay bei dir?«
»Äh . . .« Jasper läuft ein wenig rot an. »Geht so.«
Svenja nimmt ihn nun ebenfalls unter die Lupe. »Du siehst aus, als hätte deine Mutti dich versehentlich mit der Wäsche mitgewaschen. Nicht so sauber, aber so durchgeschleudert. Liegts an deinem Date gestern?«
Jasper nickt und senkt den Blick.
»Das war gruselig«, flüstert er.
»Gruselig?« Svenja sieht ihn ungläubig an. Was um alles in der Welt kann an der schüchternen pausbäckigen Sabrina gruselig sein? Das erste Rendezvous vor ein paar Wochen verlief doch sehr harmonisch und auch von den weiteren war ihr Kollege sehr angetan.
»Ja. Also das ist mir jetzt irgendwie peinlich, aber ich

hab mich in ihrer Wohnung nicht wohlgefühlt.«
»Ach echt? Wars so schmutzig dort?«, fragt Svenja.
Er schüttelt den Kopf.
»Kakerlaken?«, rät Sophie.
»Nö.« Jasper zieht den Kopf ein.
»Oh mein Gott, sie ist eine von diesen Messies, ja? Mit Zeugs und Müll überall . . .« Svenja schlägt die Hände über dem Kopf zusammen.
»Puppen.«
»Was?«
»Sie hat Puppen«, wiederholt Jasper tonlos und zieht den Kopf noch ein wenig mehr ein.
»Puppen?« Svenja guckt nun verblüfft und Sophie muss sich auf die Lippen beißen, um nicht lauthals herauszuplatzen.
»Ja. Hunderte davon. Wo du hinsiehst, glotzen Augen zurück. Die sind überall. Auf den Regalen, den Schränken, dem Boden, der Couch. Sogar auf dem Toilettenspülkasten hocken sie.«
Er reibt sich die Unterarme, als ob allein die Erinnerung daran ein körperliches Unbehagen auslöst.
»Sorry«, bringt Sophie noch heraus, bevor sie so schallend loslacht, dass sie Svenja mitreißt.
»Ja. Lacht nur.«
Mit hängenden Schultern steht Jasper vor ihnen.
Svenja wuschelt ihm tröstend durchs Haar. »Ach du Armer, hast du ein Puppentrauma abbekommen? Das konnte ja niemand ahnen! In ihrem Blumenladen waren keine?«
»Schon«, gesteht Jasper zu, »aber nur wenige. So als Deko. Zwischen den Pflanzen . . . aber in dieser Wohnung . . .« Er schüttelt sich neuerlich.
Sophie wischt sich die Lachtränen von den Wangen.
»Sorry nochmals, ich glaube, ich geh jetzt besser. Kommt

jemand mit zur Obduktion?«
»Der Rüde will, dass ich das Handy von Kai Friedrich durchsehe, bevor wir es der KTU geben. WhatsApp, Messenger und Co, jede Nachricht, die er noch nicht gelöscht hat, könnte uns weiterhelfen«, sagt Svenja schnell.
»Ich tät mitkommen«, meint Jasper, »aber ich fühl mich gerade gar nicht gut.«
Sophie schüttelt den Kopf.
»Ihr seid mir zwei Helden! Ich meld mich dann, wenn ich auf dem Rückweg bin.«

* * *

Jasper und Svenja sehen ihr erleichtert hinterher.
»Ein Glück, dass ihr Autopsien nicht viel ausmachen«, murmelt Svenja.
»Ein wenig schlechtes Gewissen hab ich schon, immerhin ist heute ihr Geburtstag«, erwidert Jasper.
»Apropos – steht die Party heute Abend?«
»Klar, alles organisiert. Wenn meine Mutti sich was in den Kopf setzt, dann klappt das auch!«, erklärt er stolz.
»Inklusive Evando?«, erkundigt sich Svenja nach dem Gerichtsmediziner aus Cuxhaven, für den Sophie bekanntermaßen eine Schwäche hat.
»Nee, ich hab versucht, ihn zu erreichen, aber der ist immer noch in Seattle.«
»Was ist mit deinem Bruder? Enno, nicht wahr?«
»Halbbruder, väterlicherseits. Und außerdem gestern nach Australien abgereist.«

»Mann. Hat die 'n Pech«, kichert Svenja. »Ich seh schon, wir werden diesen Mangel an Testosteron mit einem Plus an Alkohol ausgleichen müssen.«
»Darauf würd ich am liebsten jetzt schon anstoßen«, pflichtet Jasper ihr bei und schielt sehnsüchtig zum Kühlschrank in der Personalküche hinüber.

16

In dem weiß gekachelten Kellerraum des Klinikums betrachtet Sophie den weiblichen Leichnam auf dem Tisch vor ihr mit gemischten Gefühlen. Die Tote ist genauso alt wie sie. Beinahe. Laura wäre in zwei Wochen dreiunddreißig geworden.

Um sich emotional abzugrenzen, konzentriert sie sich nun auf den Gerichtsmediziner. Dr. Jensen arbeitet emsig vor sich hin. Immer wieder spricht er monoton in sein Diktafon, das er mittels Fußtasten bedient.

Unwillkürlich schweifen ihre Gedanken zu Evando ab, zu jenem Pathologen, der dieses Handwerk zur Kunstform erhoben hat. Und in dessen Gegenwart sie sogar den bestialischen Gestank ausblenden kann.

». . . nie gesehen.«

»Wie bitte?«

»Ich sagte, eine so gesunde Leiche habe ich noch nie gesehen. Diese Frau war fit wie ein Turnschuh. Nichtraucherin, kein Gramm Fett zu viel, keine frühere Verletzung, sehr sportlich. Wahrscheinlich Vegetarierin«, berichtet Dr. Jensen.

»Woher wissen Sie das?«

»Bloß Gemüse im Magen.«

Sophie verzieht das Gesicht und wendet sich ab. Diese detaillierten Schilderungen sind doch ein wenig eklig.

»Sie hätte hundert werden können«, schlussfolgert der Pathologe bedauernd.

»Todesursache?«

»Die Einstiche. Einer in den Darm, der andere in die Milz. Daran wär sie nicht gestorben, aber der dritte perforierte die Lunge. Hätte man sie früher gefunden, hätte sie vielleicht eine Chance gehabt, aber nachdem sie allein auf dem Deich liegen blieb . . .«

»Verstehe. Und wann wurden ihr die Stiche zugefügt?«, hakt Sophie nach.

»Nun, das ist schwierig. Normalerweise kann man das recht gut berechnen, aber mit dem Nebel kommt es zu Abweichungen. Das ist, als ob sie in einer feuchten Hülle eingewickelt gewesen wäre. Wie kalt war es in dieser Nacht?«

»Äh . . . keine Ahnung. Fünf bis zehn Grad?«, rät Sophie.

»Ich hol mir noch die Infos vom Wetterdienst, die exakten Werte für Temperatur und Luftfeuchtigkeit. Dann kann ich die Todeszeit genauer eingrenzen. Als vorläufige Richtschnur sage ich mal zwischen vierzehn und siebzehn Uhr.«

»Alles klar. Danke, Dr. Jensen.«

Der Arzt streift sich die Handschuhe ab. »War mir ein Vergnügen. Ich melde mich später noch, wenn ich Genaueres weiß.«

17

Sophie steigt mit vier großen Pizzakartons auf dem Arm aus dem Fahrstuhl und tritt mit dem Fuß die Glastür zur Kripo auf.

Jasper blickt von seinem Schreibtisch auf und in sein rundliches, unschuldiges Jungengesicht schleicht sich ein Ausdruck von Glückseligkeit.
»Mann, Pizza...!«
Auch Svenja freut sich. Rasch verteilt sie Servietten auf dem Besprechungstisch. Jasper sieht bereits den Inhalt der Kartons durch und reklamiert die Pizza mit Salami und Speck für sich.
Svenja schnappt sich die mit Rohschinken, und Sophie die mit Shrimps und Muscheln.
»Soll ich dem Chef Bescheid sagen?«, fragt Svenja und deutet auf die vierte Pizza. Doch auf eine Antwort wartet sie vergeblich.
Sophie und Jasper beißen herzhaft in den dünnen Teig mit dem herrlich knusprigen Rand.
»Irgendwas Neues vom Autopsiedoktor?«, fragt Jasper kauend.
»Mhm, Lungenstich mit Verbluten. Zwischen zwei und fünf nachmittags. Er wird das später noch näher

eingrenzen. Und bei euch?«
»Friedrichs Handy war nicht sehr ergiebig«, erklärt Svenja mit vollem Mund. »Wahrscheinlich hat er viel gelöscht. Kaum persönliche Nachrichten, kaum Anrufe.«
»Mir ist ein Kontakt aufgefallen. Eine gewisse Neele. Mit ihr kommuniziert er in verschiedenen Apps. Aber etwas Pikantes war nicht dabei«, ergänzt Jasper.
»Kein Wunder, wenn er vieles gelöscht hat. Wär ja blöd – aus seiner Sicht – wenn er die pikanten Sachen stehen lässt«, lästert Svenja.
»Möglich. Diese Neele ist auf jeden Fall interessant.«
»Haben wir ihren ganzen Namen?«, hakt Sophie nach.
»Leider nicht. Den müssen wir bei der Telefongesellschaft erfragen. Aber ich hab denen schon geschrieben«, berichtet Jasper und schiebt sich ein weiteres Stück Pizza in den Mund.

Sophie steht kauend auf, um sich eine Cola aus der Personalküche zu holen, als ein uniformierter Kollege den Großraum betritt.

Er schwenkt einen durchsichtigen Tatortbeutel, in dem eine zartrosa Babymütze zu erkennen ist.

»Die haben wir gefunden. Circa zwei Kilometer südlich vom Fundort der Toten. Könnte dem verschwundenem Baby gehören.«

Von einem Moment auf den anderen hat Sophie das Gefühl, dass sie an dem Pizzastück in ihrem Mund ersticken muss.

Wortlos nimmt sie den Beutel entgegen und bestätigt den Erhalt.

18

Beim Betreten des Vernehmungszimmers kräuselt Sophie unwillkürlich die Nase. Die Luft hier drinnen ist ausnehmend schlecht, und dass ihr das auffällt, nachdem sie von einer Obduktion kommt, gibt ihr zu denken. Auch die Stimmung ist eigenartig. Beide Männer sehen sie schweigend an. Der eine frustriert. Der andere verstört.

Sie räuspert sich und nickt ihrem Vorgesetzten bedeutungsvoll zu.

»Auf ein Wort, bitte.«

Thomsen erhebt sich und folgt ihr auf den Gang.

»Was gibts?«

»Das hier.« Sophie zieht die Plastiktüte mit der Mütze aus der Tasche. »Wurde zwei Kilometer südlich vom Tatort gefunden.«

»Gehört sie der Kleinen?«

»Wär möglich. Ich hab sie noch nicht an die KTU gegeben, weil ich gern Kai Friedrichs Reaktion darauf testen würde.«

»Was sagt die Schwester des Opfers?«

»Keine Ahnung, ich hatte noch keine Gelegenheit, sie zu fragen. Außerdem wärs möglich, dass die Mütze erst

im Urlaub gekauft wurde. Eltern in Ferienlaune geben gern Geld für ihre ...«
»Okay, fragen wir ihn.« Er reißt die Tür zum Vernehmungsraum auf und macht eine entsprechende Geste.
»Immer mal rein in die gute Stube.«
Sophie setzt sich Kai Friedrich gegenüber und mustert ihn eingehend. Alles an ihm drückt Ablehnung aus. Trotzdem gibt sie sich Mühe, zu ihm durchzudringen.
»Moin Herr Friedrich. Wie geht es Ihnen?«
Es folgt nicht die geringste Reaktion.
»Erzählen Sie mir von Ihrer Tochter. Mia, nicht wahr?«
Kai Friedrich bedenkt Sophie mit einem verächtlichen Blick. Dann wandern seine Augen zu Thomsen, der hinter seiner Kollegin stehen geblieben ist.
»Spielen wir jetzt guter Bulle, böser Bulle?«
»Wir spielen gar nichts«, erklärt Sophie sachlich. »Wir wollen Antworten. Immerhin geht es um Ihre tote Frau und Ihre kleine Tochter. Mia hat in einem Monat ihren ersten Geburtstag, nicht wahr? Oder soll ich sagen, hätte gehabt?«
Sophie beobachtet ihr Gegenüber nun ganz genau. Ihre letzten Worte lassen ihn nicht kalt. Seine Finger umklammern die Tischkante. Verkrampfen sich richtig. In seinem Gesicht beginnt ein Muskel zu zucken.
»Wenn Sie die Augen schließen, haben Sie dann den Duft ihrer Haut noch in der Nase? Babys riechen so gut, nicht wahr?«
»Hören Sie auf!«
Kai Friedrich wirft ihr einen bösen Blick zu und presst demonstrativ die Hände an die Ohren.
Sie zieht nun die Plastiktüte mit der Mütze aus ihrer Handtasche und präsentiert sie ohne weitere Worte.
Augenblicklich wird er blass. Die Arme fallen herab wie welkes Laub und die Gesichtszüge entgleisen.

»Wo . . .?«
»Ist das Mias Mütze?«
Er presst die Lippen aufeinander.
»Herr Friedrich, ist das die Mütze Ihrer Tochter?«
Er schließt die Augen und krallt sich wieder an der Tischkante fest.
Sophie seufzt, während sie jede Regung in seinem Gesicht verfolgt. Und so entgeht ihr auch nicht die Träne, die aus einem Augenwinkel über seine Wange läuft. Allerdings lässt sie sich davon nicht beeindrucken. Er wäre nicht der erste Mörder, der nach der Tat mit schlimmen Schuld- und Trauergefühlen zu kämpfen hat.
Thomsen nimmt nun die Plastiktüte an sich. »Ich lass sie kriminaltechnisch untersuchen. Auf der Innenseite einer Mütze befinden sich immer Haare oder zumindest Hautschuppen. Wir bekommen auch ohne Ihre Unterstützung raus, ob diese Mütze Ihrer Tochter gehört. Oberkommissarin Meerkatz bleibt nun bei Ihnen, außerdem wird jemand kommen, um von Ihnen ebenfalls eine DNA-Probe zu nehmen.«
Er nickt Sophie kurz zu und verlässt den Raum.

19

In dem Gang vor dem Vernehmungszimmer lehnt sich Thomsen für einen Augenblick an die kühle Wand. Er ist heilfroh, der stickigen Atmosphäre dort drinnen entkommen zu sein. Ein Verdächtiger, der nicht redet, war ihm schon immer ein Gräuel. Und dieser verächtliche Blick, mit dem Friedrich ihn betrachtet, geht ihm tiefer unter die Haut, als ihm lieb ist.

Peet hat ihn so angesehen, als er ihn das letzte Mal gesehen hat. Peet, der nun selbst Papa ist und mit seinem eigenen Vater nichts mehr zu tun haben will. Doch was ihn eigentlich aufwühlt, hat er der Meerkatz zu verdanken. Diese Mütze und das Gelaber darüber, wie gut Babys riechen, all das weckt Erinnerungen, die er jetzt gar nicht brauchen kann.

Verdammt noch mal. Er tritt gegen die Wand, um Dampf abzulassen und begibt sich dann zurück in die Räumlichkeiten der Kripo.

Svenja sitzt am Computer und Jasper hängt am Telefon – dem genervten Gesichtsausdruck nach zu urteilen offenbar in einer Warteschlange.

»Telefongesellschaft«, bestätigt Svenja.

»Sonst was Neues?«

Sie zuckt bloß mit den Schultern.
Thomsen legt die Plastiktüte mit der Babymütze vor ihr auf den Tisch.
»Kennst du die schon?«
Sie nickt. »Sophie hat sie uns gezeigt, bevor sie zu dir ins Vernehmungszimmer ging.«
»Gut. Lass von der Toten einen DNA-Abstrich nehmen. Für 'ne Vergleichsprobe.«
»Ist es nicht einfacher, wenn wir die DNA vom Vater nehmen, der hier nebenan im Vernehmungszimmer sitzt?«
»Das tun wir sowieso – aber bedenke einen wichtigen Leitsatz der alten Römer: Mater semper est.«
»Und das heißt was?«
Doch Thomsen lässt sich nicht zu einer Erklärung hinreißen.
»Tu's einfach.«
Svenja will aufbegehren, doch das Handy ihres Chefs beginnt zu klingeln und er nimmt das Gespräch an.
»Hauptkommissar Thomsen . . . aha . . . verstehe . . . ja, von mir aus. Stecken Sie 'n Zettel an die Frontscheibe mit meinem Namen drauf . . . ja, erster Stock . . . einfach durch die Glastür.«
Svenja sieht ihn fragend an.
»Friedrichs Anwalt ist da, ein gewisser Ralf Theissen. Hat sich gerade auf unserem Parkplatz eingeparkt.«
»Ach?« Svenja huscht neugierig zum Fenster. Der Nebel hat sich ein wenig gelichtet und sie kann erkennen, wie ein großer, elegant gekleideter Mann einem dunklen BMW entsteigt.
»Neele Husman«, sagt Jasper plötzlich und knallt den Hörer auf die Gabel. »Der häufigste Kontakt unseres Verdächtigen heißt Neele Husman und wohnt im Marienhofweg, hier in Husum.«

Svenja schnappt nach Luft.

»Das kann kein Zufall sein.«

Thomsen schlägt seinem jungen Kommissar erfreut auf die Schulter. »Ganz sicher ist das kein Zufall. Jetzt kommen die Dinge ins Rollen! Ich will alles über diese Frau wissen. Ausbildung, Beruf, Familienstand, eventuelle Vorstrafen bis hin zu ihrem Facebook-Profil. Einfach alles.«

Die Glastür schwingt auf und schneller als dem Hauptkommissar lieb ist, steht der Anwalt mitten im Raum.

»Dr. Ralf Theissen, Rechtsanwalt aus Hamburg.« Formvollendet streckt er einem nach dem anderen die Hand entgegen. Eine Wolke edlen Parfums umgibt ihn und Svenja ist auf der Stelle hingerissen.

»Vielleicht einen Kaffee nach der langen Fahrt?«, zwitschert sie.

Thomsen wirft ihr einen bösen Blick zu.

»Gerne, das ist sehr freundlich«, antwortet Dr. Theissen. Während er sich mit einem strahlenden Lächeln auf ihrem Besucherstuhl niederlässt, entschwindet Svenja auf ungewohnt grazile Weise in Richtung Kaffeeküche.

»Dann bring mir eben auch einen«, ruft Thomsen ihr mürrisch hinterher.

20

Die Nagelhaut an drei Fingern ist rissig und ein Nagel ist eingerissen. Außerdem weisen mehrere Fingernägel kleinere Lackabsplitterungen auf. Was soll's. Enno ist fort, also kann sie genauso gut ihre Nägel wieder ablackieren. Heute Abend zum Beispiel, wenn sie ihren Geburtstag allein zu Hause vor der Mattscheibe verbringt. Und die einzige Herausforderung wird sein, dass Otello das Fläschchen mit dem Nagellackentferner nicht umstößt.
Sophie seufzt und wirft einen Blick auf den unrasierten Mann, der ihr gegenüber sitzt.
Nachdem Thomsen das Zimmer verlassen hatte, fragte Kai Friedrich nochmals, wo die Babymütze gefunden worden war. Nachdem sie diese Information nicht preisgeben wollte, antwortete sie mit einer Gegenfrage. Seitdem hält er die Augen geschlossen und sein Kopf ruht auf seinen Unterarmen, welche er verschränkt auf dem Vernehmungstisch aufgestützt hat.
Nun glaubt sie, leise Schnarchgeräusche wahrzunehmen. Kurz ist sie versucht, ihn aufzuschrecken, lässt die Idee aber wieder fallen. Was soll das bringen? Dieses Babymützchen hat ihn mehr schockiert als sie es je

könnte und trotzdem hat er den Mund nicht aufbekommen.
Genau in dem Moment, als sie beschließt, sich eine Pause zu gönnen, geht die Tür auf und Thomsen kommt herein.
Sie deutet mit einem Kopfschütteln an, dass sie in der Vernehmung nicht weiter gekommen ist, als hinter ihrem Vorgesetzten ein zweiter Mann auftaucht.
Groß, schlank, teuer gekleidet und unglaublich gut riechend. Außerdem grinst er über das ganze Gesicht, während er ihr die Hand reicht.
»Moin Sophie.«
Sie starrt ihn an und ihr fehlen plötzlich die Worte.
Alles, nur das nicht.
»Ralf«, bringt sie dann mühsam heraus. »Was machst du hier?«
»Ihr beide kennt euch?« Thomsen streicht sich irritiert über den Hinterkopf. Diese Meerkatz ist immer wieder für Überraschungen gut.
»Vier Jahre Gymnasium samt Abi hat was Verbindendes«, erklärt Theissen mit breitem Lächeln.
Eine Entjungferung auf dem Rücksitz von Papis Auto auch, denkt Sophie, während sie sich auf die Lippen beißt.
»Ich bin als Anwalt von Herrn Friedrich hier«, stellt Theissen nun klar, »und ich wünsche als Erstes mit meinem Mandanten unter vier Augen zu sprechen. Mit Akteneinsicht selbstverständlich. Ich muss schließlich wissen, was ihm vorgeworfen wird.«
Thomsen antwortet mit etwas, das wie ein Knurren klingt, während Sophie ohne ein weiteres Wort den Raum verlässt.
Im Großraum wird sie von einer überdrehten Svenja in Empfang genommen.

»Hast du diesen Anwalt gesehen? Wie der riecht!«
»Du vergisst in der Aufregung aber nicht, dass du schon einen Freund hast, oder?«, versucht Jasper ihre Euphorie zu bremsen.
»Was?« Svenja dreht sich verdutzt zu ihm um. »Das eine hat doch mit dem anderen nichts zu tun. Wenn du 'nen VW Passat hast und dann fragt dich jemand, ob du mal 'ne Proberunde mit 'nem Ferrari drehen willst, sagst du doch auch nicht nein, oder?«
»Äh . . . natürlich nicht. Wer sagt schon nein zu einer Proberunde mit einem Ferrari? Aber was hat das jetzt mit deinem Freund zu tun?«
Svenja verdreht die Augen und wendet sich wieder ihrer Kollegin zu.
»Du verstehst mich, oder?«
»Sicher.« Sophie nickt geistesabwesend. »Ich finde Ferraris auch toll.«
Svenja schüttelt den Kopf und versucht, neuerlich zu ihr durchzudringen, als Thomsen zu ihnen stößt.
»Nun, wie wärs, Meerkatz, wenn du uns ein wenig von deiner Schulzeit erzählst? Wie war denn zum Beispiel der Abschlussball?«
»Häh . . . ?« Svenja sieht ratlos zwischen den beiden hin und her.
Auch Jasper kommt nun neugierig näher. Irgendetwas scheint hier vorzugehen, von dem er und Svenja keine Ahnung haben.
Sophie zieht ihre Brauen zusammen und stemmt die Hände in die Hüften.
»Das ist nicht meine Schuld! Ich kann da nichts für! Das ist ein freies Land, wo jeder, dem es gefällt, von Berlin nach Hamburg ziehen kann. Oder nach Husum.«
»Schon gut, schon gut.« Thomsen hebt abwehrend die Hände. So zornig hat er seine Oberkommissarin erst

einmal erlebt. Als er ihr bei ihrem ersten Fall eine Autopsie verweigern wollte.

Svenjas Augen weiten sich bei Sophies Worten. »Soll das heißen, du kennst diesen Theissen? Ich meine, privat?«

»Ja. Wir waren . . . Klassenkameraden. Damals in Berlin.«

»Verstehe.« Svenja grinst von einem Ohr bis zum anderen. »*Klassenkameraden*.«

Sophie schiebt die Unterlippe vor. »Habt ihr in der Zwischenzeit was rausgefunden? Über Friedrichs Handy vielleicht?«

»Ja. Haben wir tatsächlich«, berichtet Jasper sofort. »Er hatte sehr viel Kontakt mit einer gewissen Neele Husman, sogar an dem Tag, als seine Frau starb. Vielleicht ist das seine heimliche Geliebte?«

»Oder seine *Klassenkameradin*?«, spöttelt Svenja.

»Pruhahaha«, prustet Thomsen los und Sophie, die noch nie erlebt hat, dass ihr Chef so laut herauslacht, wirft ihm einen bösen Blick zu.

»Wie ist er denn so?«, bleibt Svenja hartnäckig. »Der schöne Ralf aus Berlin.«

Sophie läuft ein wenig rot an, und während sie fieberhaft überlegt, wie sie von dem Thema ablenken könnte, kommt ihr das Klingeln ihres Diensthandys zu Hilfe.

»Meerkatz . . . ach, wirklich? Und Sie sind ganz sicher? Okay, danke Doktor.«

Mit gerunzelter Stirn legt sie wieder auf und blickt ihren Vorgesetzten konsterniert an. »Scheint, als hätten wir uns geirrt. Soweit es Kai Friedrich betrifft. Das war Dr. Jensen, der mir die Todeszeit mitgeteilt hat. Laura Friedrich verstarb mit an Sicherheit grenzender Wahrscheinlichkeit um vierzehn Uhr. Plus minus 'ne

halbe Stunde.«
Thomsen und Jasper sind gleichermaßen sprachlos. Letzterer verdeutlicht seine Irritation, in dem er sich mit beiden Händen am Hinterkopf kratzt. Wie üblich findet Svenja am schnellsten die passenden Worte.
»Dann kann Friedrich seine Frau nicht getötet haben.«
»Stimmt«, brummt der Hauptkommissar mit ratloser Miene. »Warum redet der dann nicht mit uns, wenn er unschuldig ist?«
»Das soll er uns am besten selbst sagen. Vielleicht ist er im Beisein seines Anwalts gesprächiger?«, schlägt Sophie vor.
Wie auf Stichwort geht die Glastür zum Großraum auf und Dr. Theissen betritt den Raum.
»Mein Mandant ist nun bereit, Ihre Fragen zu beantworten«, verkündet er in die Runde. »Er hat bloß zwei Bedingungen.«

21

Thomsen öffnet die Tür zu seinem Büro und lässt seine Kollegin und Dr. Theissen eintreten. »Nehmen Sie Platz, ich bin sofort bei Ihnen. Ich hole bloß noch meine Unterlagen.«
Sophie setzt sich ihrer ehemaligen Jugendliebe gegenüber.
»Warum bin nur ich überrascht, dich zu sehen? Du wusstest, dass du mich hier antreffen würdest, nicht wahr?«, fragt sie, während sie ihn mustert. Mit seinen stechend blauen Augen und diesen hellblonden Haaren mit dem perfekten Schnitt sieht er noch genauso fantastisch aus wie damals. *Verdammt.*
Er lächelt breit. »Du hast ein Interview gegeben, letzten Monat. Ihr hattet da 'ne Tote in einem Kofferraum.«
»Richtig.« Sie verzieht das Gesicht. Die Pressekonferenz, die sie wahrnehmen musste, weil Thomsen völlig verkatert war. Es war ein Desaster. Sie hatte so gut wie keine Fragen der Journalisten beantworten können.
»Du hast zwar nicht allzu viel gesagt«, grinst Theissen nun, »aber du hast großartig ausgesehen.«

»So.« Thomsen kehrt ungewohnt energiegeladen zurück und lässt seinen Aktenstapel auf den Besprechungstisch fallen. »Nun gut, junger Mann, unter welchen Bedingungen ist Ihr Mandant bereit zu gestehen?«

»Ich sagte, er ist bereit auszusagen. Ich sprach von kooperieren. Mein Mandant hat seine Frau nicht ermordet und er weiß auch nicht, was mit seiner Tochter geschehen ist. Er möchte helfen, sie zu finden, und auch sonst mit seinem Wissen zu den Ermittlungen beitragen, allerdings nur unter zwei Bedingungen.«

»Die wären?«, knurrt Thomsen.

»Er möchte wissen, wo die Babymütze gefunden wurde, die Sie ihm zeigten, und er möchte sofort auf freien Fuß gesetzt werden.«

»Auf freien Fuß?« Thomsen kneift die Augen zu Schlitzen zusammen und starrt sein Gegenüber empört an.

Sophie steht auf, um die Aufmerksamkeit des Anwalts auf sich zu ziehen.

»Wenn du uns bitte einen Moment allein lässt, wir müssen das kurz besprechen. Meine Kollegin Tades wird dir sicher gerne einen Kaffee anbieten.«

»Darauf kannst du wetten«, grummelt Thomsen.

Als sie unter sich sind, lässt er seinem Unmut freien Lauf.

Nach einer Weile unterbricht Sophie das Fluchen.

»Denk doch mal nach, Rüde. Nachdem wir von Dr. Jensen die Todeszeit erfahren haben, müssen wir Friedrich sowieso gehen lassen.«

»Offiziell haben wir noch keinen Bericht«, bleibt ihr Chef stur.

»Der wird aber jeden Moment da sein.«

Doch Thomsen ist noch nicht zur Kapitulation bereit.

»Friedrich könnte den Mord an seiner Frau auch beauftragt haben.«
»Dafür haben wir aber keinerlei Anhaltspunkte.«
»Noch nicht. Es wäre doch möglich, dass seine heimliche Geliebte in seinem Auftrag die Ehefrau umgebracht hat, so etwas soll schon mal vorgekommen sein.«
Sophie seufzt innerlich. »Mag sein, aber zurzeit wissen wir noch nicht mal, ob sie überhaupt seine Geliebte ist. Und außerdem: Hätte er da nicht schon vorab sein Kind aus der Schusslinie gebracht?«
»Hmm«, grummelt Thomsen, dem langsam die Argumente ausgehen.
»Jetzt können wir eine umfassende Aussage verlangen, und dass er sich hier in Husum zu unserer Verfügung hält«, argumentiert Sophie weiter. »Wenn die Todeszeit erst mal offiziell im Akt ist, müssen wir ihn ohne Bedingungen laufen lassen.«
»Na gut«, willigt Thomsen ein. »Dann machen wir es eben so.«

Der elegant gekleidete Strafverteidiger sitzt mit einer Tasse Kaffee auf Svenjas Besucherstuhl und unterhält sie mit Anekdoten aus dem Gerichtssaal. Sophie muss schmunzeln, als sie sieht, mit welch verklärtem Gesichtsausdruck ihre Kollegin an seinen Lippen hängt.
»Von mir aus, soll er haben, aber auch wir haben Bedingungen«, blafft Thomsen übergangslos und stört mit seinen harschen Worten empfindlich die Idylle.
»Nennen Sie sie«, verlangt Theissen.
»Machen wir. Ihr Mandant soll sie von mir hören, also gehen wir zu ihm.«
»In Ordnung.«
Dr. Theissen verabschiedet sich galant von Svenja und

erhebt sich. »Danke für den köstlichen Kaffee.«
»Immer gerne.«
Mit roten Backen zupft sie Thomsen am Ärmel, als er dem Anwalt folgen will.
»Du, Chef, meinst du, ich könnte mal dabei sein, bei so 'ner Vernehmung?«
»Wozu?«
»Nun ja, ich habe nicht so oft Gelegenheit, den Umgang mit gewieften Anwälten aus der Großstadt zu lernen, da könnte ich von deiner Erfahrung echt profitieren.«
Und ich von dir, wie man Vorgesetzten Honig ums Maul schmiert, denkt Sophie und unterdrückt ihren Impuls, laut herauszulachen.

Thomsen springt tatsächlich darauf an.
»Verstehe, da hast du natürlich recht. Das steht schließlich in keinem Lehrbuch.« Er tätschelt ihr freundschaftlich die Schulter.
»Wenn das so ist, möchte ich auch mit«, erklärt Jasper und kommt eilig näher. »Weil meine Mutti meint sowieso, ich müsste irgendwann Oberkommissar werden.«
»Du meinst das jetzt ernst?« Thomsen starrt ihn entgeistert an.
»Sicher.« Jasper steckt beide Hände in die Hosentaschen und bleibt wie ein Bock vor seinem Chef stehen.

Sophie hat sich bereits abgewendet. Nur ihre zuckenden Schultern verraten, dass sie das Lachen nicht ganz unterdrücken kann.
»Wisst ihr was, ist doch egal«, erklärt Thomsen nun großzügig. »Wer mitkommen will, der kommt mit.«

22

Die Überraschung ist Kai Friedrich deutlich anzusehen, als sein Anwalt mit vier Kripobeamten im Schlepptau zurückkehrt.

Jasper und Svenja bleiben im hinteren Bereich des Raumes stehen, während die anderen sich setzen.

Thomsen mustert den Verdächtigen missbilligend und ergreift das Wort.

»Wir lassen Sie gehen. Allerdings müssen Sie unsere Fragen umfassend beantworten. Und zwar alle. Und Sie müssen sich für weitere Fragen zu unserer Verfügung halten, also nicht nach Hamburg zurückkehren.«

»Also das ist doch ein wenig überzogen«, wendet der Anwalt ein.

»Nein«, unterbricht Friedrich. »Nein, ist okay. Ich will hier wirklich raus. Und die Mütze? Mias Mütze. Wo wurde die gefunden?«

»Am Norderfriedrichskoog, Everschoperstraße Ecke Kaltenhörner Deich. Lag dort in der Nähe der Kreuzung auf dem Boden. Wenn Sie nun unsere Fragen ebenfalls beantworten, können Sie gehen.«

»Okay.«

»In welchem Verhältnis stehen Sie zu Neele

Husman?«, legt Thomsen los.
»Wir sind befreundet.«
»Nur Freunde?«
»Ja. Nur Freunde. Wir sind gemeinsam hier in Husum aufgewachsen. Erst nach meiner Hochzeit bin ich nach Hamburg gezogen.«
»Wo ist Ihre kleine Tochter?«
»Das weiß ich nicht.«
»Was vermuten Sie, wo sie sein könnte?«
»Ich habe keine Ahnung.«
»Worum ging es bei dem Streit, bevor Ihre Frau spazieren ging?«
»Sie war eifersüchtig.«
»Auf Neele Husman?«
»Ja.«
»Gabs dafür einen Grund?«
»Nein, wie ich schon sagte, wir sind nur befreundet.«
»Wo waren Sie, nachdem Sie die Bar verließen und bis Sie wieder dort auftauchten?«, übernimmt nun Sophie.
»Ich war spazieren.«
»Im Nebel?«
»Wo sonst?«
»Warum haben Sie nicht früher nach Ihrer Frau zu suchen begonnen?«, fragt sie argwöhnisch.
»Das weiß ich nicht.«
Thomsen verzieht das Gesicht. Diese Vernehmung verläuft alles andere als zufriedenstellend. Er glaubt diesem Friedrich kein Wort.
Unvermittelt steht er auf und wendet sich an den Anwalt.
»Wenn Sie uns bitte entschuldigen, Kommissar Hinrichs wird die Befragung allein fortführen.«
Während Jasper wie geplättet mit offenem Mund da steht, reicht Thomsen Dr. Theissen die Hand.

Sophie erhebt sich ebenfalls. Auch sie hat den Eindruck, dass Friedrich lügt wie gedruckt. Vermutlich will ihr Chef, dass Jasper ihn noch eine Weile hier festhält, damit sie in der Zwischenzeit Neele Husman befragen können. Ein geschickter Schachzug, das muss sie anerkennen.

Auch sie reicht Ralf Theissen zum Abschied die Hand, als er plötzlich ein Päckchen aus der Jackentasche zieht. Mit glitzerndem Geschenkpapier und Schleife.

»Happy Birthday, Kätzchen.«

Er drückt ihr das Geschenk in die Hand und küsst sie rechts und links auf die Wange.

Sophie spürt, wie ihr das Blut in den Kopf steigt. Die Situation ist ihr fürchterlich peinlich, gleichzeitig ist sie seltsam gerührt.

»Ja, äh . . . danke«, stottert sie und beeilt sich, aus dem Raum zu kommen.

Svenja hingegen zelebriert den Abschied. Sie beneidet ihren Kollegen Jasper um seinen Auftrag – obwohl dem die nackte Angst ins Gesicht geschrieben steht.

Nachdem alle anderen Kripobeamten den Raum verlassen haben, lässt sich Jasper auf den Stuhl sinken, von dem Thomsen sich soeben erhoben hat. Mit schweißnassen Fingern klappt er seinen Notizblock auf und fummelt einen Stift aus seiner Jacke.

Dann räuspert er sich kräftig.

»Herr Friedrich, wir müssen nun alles ganz genau fürs Protokoll noch einmal durchgehen. Fangen wir ganz von vorne an. Wann wurden Sie geboren?«

23

Als Sophie den Großraum betritt, dreht ihr Chef darin bereits ungeduldig seine Runden.
»Dieser verdammte Friedrich lügt doch, wenn er den Mund aufmacht!«, flucht er aufgebracht.
»Den Eindruck hatte ich auch. Speziell, was diese Neele angeht.«
»Richtig. Deshalb will ich, dass er in diesem Vernehmungszimmer noch eine Weile feststeckt, damit du und Svenja dieser Dame mal auf den Zahn fühlen könnt.«
»Dachte ich mir«, meint Sophie.
»Hab ich gerade meinen Namen gehört?«, schallt es vom Eingang her und Svenja kommt neugierig näher.
»Wir beide befragen Neele Husman«, erklärt Sophie.
»Ach. Muss der Jasper deshalb . . .«
»Ja«, unterbricht Sophie.
Svenja kichert. »Habt ihr sein Gesicht gesehen? Als ob man ihm gesagt hätte, er muss diese Sabrina heiraten, inmitten tausender Puppen . . .«
»Wovon redest du?« Thomsen sieht sie kopfschüttelnd an.
Svenja aalt sich in ihrer Heiterkeit und wendet sich

ihrer Kollegin zu.
»Hat da jemand ein Geburtstagsgeschenk bekommen?«
»Äh . . .« Instinktiv versteckt Sophie es hinter ihrem Rücken.
»Los zeig her! Was hast du bekommen?«
Widerwillig nimmt sie das Päckchen wieder nach vorne und betrachtet es.
»Darf ich mal gucken?«, fragt Svenja neugierig und streckt die Arme aus.
»Wenn's sein muss.« Sophie händigt es ihr ein wenig zögerlich aus. »Ist vermutlich irgendeine Süßigkeit.«
Svenja dreht und wendet das hübsch verpackte Präsent und hält es ans Ohr. »Du denkst also, dein alter *Schulkamerad* schenkt dir was Süßes?«
»Keine Ahnung. Jetzt gib es wieder her!«
»Es könnte auch Schmuck sein, eine hübsche Kette vielleicht?«, rätselt Svenja amüsiert. Sie schüttelt es vorsichtig und lässt es vor Schreck beinahe fallen, als es zu vibrieren beginnt.

»Oh mein Gott!« Ihre Augen werden groß wie Untertassen und sie beeilt sich, Sophie ihr Geschenk mit spitzen Fingern zurückzugeben. »Ich hatte ja keine Ahnung . . .«

Thomsens Blick wechselt zwischen den beiden Frauen hin und her. Svenja, die sich beide Hände an den Mund presst, um ihr Glucksen zu unterdrücken und die Meerkatz, die mit hochrotem Kopf bemüht ist, das Vibrieren abzustellen, ohne die Verpackung abzumachen.

Er beschließt, die Angelegenheit von der heiteren Seite zu betrachten.

»Nun denn, dann wünsche ich einen entspannten Geburtstagsabend, liebe Kollegin.« Das Grinsen in seinem Gesicht breitet sich bei diesen Worten ganz von allein aus.

24

Sophie drückt die Klingel der Gegensprechanlage des Mehrfamilienhauses am Marienhofweg am Ortsrand von Husum. Die Umgebung wirkt familienfreundlich, die Wohnhausanlage gepflegt, mit großen Grünanlagen und Spielplätzen.
»Ja?«, ertönt eine Frauenstimme.
»Kripo Husum. Wir müssen mit Ihnen sprechen.«
Die Leitung ist nun wie tot und es ertönt auch kein Summen, welches das Öffnen der Haustür ankündigt.
»Ach nee«, motzt Svenja und klingelt erneut.
Diesmal erfolgt keine Reaktion.
»Denkt die, wir gehen einfach wieder?« Sophie schüttelt den Kopf über so viel Naivität und drückt alle anderen Klingelknöpfe.
Nun ertönen etliche Stimmen durcheinander.
»Polizei. Machen Sie bitte auf«, verlangt Svenja und kurz darauf ertönt tatsächlich das ersehnte Summen.
Auf dem Weg hinauf zu Neele Husmans Tür erklären sie allen neugierigen Bewohnern, die ihren Kopf zur Tür herausstrecken, dass sie nicht betroffen wären.
Erst vor der Tür mit der Aufschrift Husman bleiben sie stehen. Als Erstes fallen dort eine Menge Kinder-

schuhe auf. Gummistiefel in mehreren Farben und Größen, die offenbar aufgrund ihres Verschmutzungsgrades nicht in die Wohnung dürfen und stattdessen auf einer Matte vor der Tür stehen.

Svenja legt ihr Ohr an die Tür. Sie kann eindeutig Geräusche in der Wohnung wahrnehmen.

Sophie drückt auf die Klingel.

Schlagartig verstummen die Geräusche.

»Sie stellt sich tot«, flüstert Svenja. »Was machen wir jetzt?«

»Bluffen«, flüstert Sophie zurück. Anschließend klopft sie so laut sie kann gegen die Wohnungstür.

»Frau Husman, es geht um Ihren Sohn!«, ruft sie. »Hören Sie? Machen Sie auf!«

»Warum Sohn?«, flüstert Svenja.

»Dinosaurier.« Sophie deutet auf die dunkelblauen Boots mit den großen grünen Urzeitechsen.

»Ah.« Svenja legt neuerlich ihr Ohr an die Tür. Nun hört sie tatsächlich Schritte näherkommen und streckt für Sophie einen Daumen in die Höhe.

Kurz darauf wird die Tür geöffnet. Allerdings nur einen Spalt. Eine lange blonde Haarsträhne und ein hellblaues Auge ist zu sehen.

»Wir sind von der Kripo und müssen mit Ihnen sprechen«, wiederholt Sophie. »Lassen Sie uns rein.«

Nur widerwillig kommt die Frau der Aufforderung nach.

»Was ist mit meinem Sohn?«

»Wir müssen ihn fragen, ob er Kai Friedrich kennt.« Sophie lächelt.

»Wie bitte?«

»Nun, er ist doch schon vier?«, rät Sophie.

»Fünf«, bestätigt Frau Husman einsilbig.

»Ja, eben, da kann er doch schon sprechen.« Sophie

lächelt immer noch. »Es sei denn, *Sie* wären bereit, mit uns über Kai Friedrich zu sprechen.«
»Wozu denn? Kai ist bloß . . .«
». . . ein ehemaliger Klassenkamerad?«, unterbricht Svenja und ihr Tonfall irritiert die Frau mit den hellblauen Augen sichtlich.
»Äh . . .«
»Frau Husman, bevor Sie sich hier um Kopf und Kragen reden, wir haben Ihre gesamte Handykorrespondenz mit Kai Friedrich gelesen. Alles. Jede einzelne WhatsApp-Nachricht«, blufft Sophie nun gekonnt und sieht sie eindringlich an.
Die Worte verfehlen ihre Wirkung nicht. Neele Husman wird augenblicklich blass.
»Wenn es um seine tote Frau geht oder um das Baby – ich habe nichts damit zu tun.«
»Trotzdem müssen wir uns darüber unterhalten. Und zwar ausführlich.« Sophie sieht sich in dem Vorraum um, in dem sie immer noch stehen. »Gibt es in Ihrer Wohnung vielleicht einen Tisch, an dem wir uns zusammensetzen können?«

25

Nachdem Neele Husman die Ermittlerinnen widerwillig in ihr Wohnzimmer geführt hat, scheint sie sich plötzlich doch auf ihre Gastgeberpflichten zu besinnen und bietet Tee an.
Gerade weil das Angebot so offensichtlich nicht von Herzen kommt und jegliche Mimik in Frau Husmans Gesicht verrät, dass sie ihren *Besuch* schnellstmöglich wieder loswerden will, nimmt Sophie an.
So sitzen sie nun wartend am Esstisch, was Svenja keinesfalls von der Kommunikation abhält.
»Wie viele Kinder haben Sie denn?«, ruft sie in die Küche hinüber.
»Zwei Jungs. Drei und fünf.« Neele Husman kommt mit einem Tablett, das sie am Tisch abstellt. Offenbar hat sie nicht die geringste Lust Platz zu nehmen, denn sie bleibt mit verschränkten Armen stehen.
»Bitte, setzen Sie sich doch zu uns«, insistiert Sophie, während Svenja die Teetassen befüllt.
Frau Husman verzieht das Gesicht, kommt dann aber doch der Bitte nach.
»Weswegen sind Sie wirklich hier? Wegen der toten Laura, nicht wahr?«

»Weswegen wollten Sie uns nicht reinlassen?«, fragt Sophie zurück, legt den Kopf schief und fixiert ihr Gegenüber. »Wegen der toten Laura, nicht wahr?«
Neele senkt den Kopf.
»Ich weiß wirklich nicht, was los ist.«
»Aber was zwischen Ihnen und Kai Friedrich läuft, das wissen Sie schon.«
»Ich wüsste nicht, was Sie das angeht. Eine Affäre ist schließlich nicht verboten.«
Sophie lächelt nun. »Da haben Sie völlig recht. Sie können Affären haben, so viele Sie wollen. Trotzdem geht es uns etwas an, denn bei einem Mordfall sind wir verpflichtet, mit allen Personen zu sprechen, die dem Verdächtigen nahestehen«, erklärt sie geduldig. »Und wer weiß, vielleicht können Sie Ihren Geliebten ja auch entlasten, zum Beispiel mit einem Alibi.«
»Wie meinen Sie das jetzt?«
»So wie ich es sage. War Kai zum Zeitpunkt des Mordes bei Ihnen?«
Sie zuckt die Schultern. »Ich weiß nicht, wann das gewesen sein soll. Vorgestern, oder?«
»Ja, am Dienstag.«
»Mhm . . .« Neele verfällt in ein ausgiebiges Schweigen.
»Frau Husman, Sie wissen, wir haben alle Ihre Chat-Protokolle vom Handy vorliegen.«
»Ja, er war da. Seit sie im *Nordmeer* eingecheckt hatten, kam Kai jeden Tag. Am Dienstag auch. Er kam kurz nach vier und er blieb bis acht. Wann genau ist seine Frau denn gestorben?«
Sophies Lächeln wird noch ein wenig breiter. »Genau an diesem Nachmittag. Sehen Sie jetzt, wie wichtig Sie als Zeugin für uns sind? Erzählen Sie mir von Kai. War er an diesem Nachmittag anders als sonst?«

Neele zuckt bloß mit den Schultern.

»Was haben Sie in den vier Stunden gemacht?«

»Was macht man wohl, wenn man eine Affäre hat?«, erwidert sie nun ein wenig patzig.

Sophie lächelt immer noch. »Vier Stunden lang? Und wo waren Ihre Jungs in dieser Zeit?«

Neele senkt nun den Kopf. »Wir hatten nur eine Stunde für uns, dann hab ich die Jungs aus der Kita geholt. Kai hat inzwischen gekocht.«

»Kai hat inzwischen gekocht?« Sophie kann ihre Überraschung nicht verbergen. Nur mit Mühe kann sie sich den arroganten Lackaffen Kochlöffel schwingend in Neele Husmans Küche vorstellen.

»Ja, er kocht gern, wenn er hier ist.«

»Okay, und dann haben Sie gemeinsam gegessen? Sie, Kai und die Jungs?«

»Ja.«

»Kommt das öfter vor, dass Ihre Kinder mit Ihrem Liebhaber zusammentreffen?«

»Warum fragen Sie?«

»Das ist doch eher ungewöhnlich, oder?«

»Finden Sie?«

»Frau Husman, seien Sie doch einfach ehrlich! Wir finden das ohnehin raus. Ist Kai Friedrich der Vater Ihrer Kinder?«

26

Rüdiger Thomsen starrt auf das weiße Blatt Papier vor ihm. Er dachte, es würde ihm leichter von der Hand gehen, den Textentwurf mit einem Stift auf Papier festzuhalten, als die Buchstaben mittels Computertastatur auf den Bildschirm zu bringen. Doch von ein paar Kringel abgesehen, ist das Papier immer noch weiß. Das liegt wohl daran, dass seine Gedanken ständig abschweifen, egal wie sehr er versucht, sich zu konzentrieren. Gegen seinen Willen tauchen vor seinem geistigen Auge große dunkelblaue Babyaugen auf, die ihn treuherzig anstrahlen.

Sein einziges Enkelkind heißt Merle. Das hat er vor ein paar Monaten von einem Segelfreund erfahren, der mit Peet auf Facebook vernetzt ist. Ein Foto hat er bis heute noch nicht gesehen, weshalb in seinem Kopf Klein-Merle so aussieht wie Baby-Peet damals. Nachdem schon ein halbes Jahr seit ihrer Geburt vergangenen ist, fragt er sich langsam, ob er das gesamte Leben seines Enkelkindes verpassen will.

Er seufzt und legt den Stift nieder.

»Jasper?«

»Ja, Chef?«

Freundlich und gutmütig wie immer taucht sein jüngerer Mitarbeiter im Türrahmen auf.

»Mach einen Entwurf für die Pressemitteilung. Du weißt schon, den Aufruf an die Bevölkerung, dass Sie uns Hinweise zum Verbleib des Babys liefern sollen.«

»Ach.« Jaspers Kinn ist bei dem Wort Pressemitteilung deutlich abgesackt. »Mit so Formulierungen für die Medien tu ich mir richtig schwer.«

»Umso wichtiger, dass du es übst. Das gehört alles dazu, wenn man Oberkommissar werden will.«

Jasper stöhnt. »Ich hab doch gar keinen Schimmer, was man da schreibt.«

»Am besten, du suchst nach einem solchen Aufruf im Internet und nimmst ihn als Muster. Die kleine Mia ist mit Sicherheit nicht das erste verschwundene Kind im deutschsprachigen Raum.«

Jaspers Gesicht hellt sich sofort wieder auf.

»Prima Idee, Chef.«

Thomsen nickt und kratzt sich ein wenig verlegen im Nacken. Warum ist ihm das vorhin nicht eingefallen?

»Hast du schon ein Geschenk für Sophie?«, wechselt Jasper plötzlich das Thema.

»Klar.«

»Und was?«

»Keine Ahnung, Maike kümmert sich drum«, gibt Thomsen unumwunden zu. »Die ganze Geschenkemacherei ist doch typischer Weiberkram. Mir würde sowieso nichts einfallen, und ihr macht es auch noch Spaß.«

»Du Glückspilz.«

»Du hast doch jetzt auch was am Laufen, mit der aus dem Blumenladen, nicht wahr? Die soll dir 'n schönen Strauß machen, oder ein Bouquet, oder wie das heißt.«

»Lieber nicht . . .«, beginnt Jasper, wird allerdings von

seinem Handyklingelton unterbrochen.
»Ach, die Mutti«, sagt er nach einem Blick aufs Display. »Moin Mutti . . . ja, ich weiß . . . ja, der Rüde kommt . . . ja, die Maike auch. Ja, die Svenja nimmt ihren Okko mit. Ich weiß nicht, Mutti . . . nein, ich glaube nicht . . . du Mutti, die Sabrina hat leider keine Zeit. Nein, wirklich nicht. Okay, Blumen bring ich mit. Bis später.«
Er legt auf und stöhnt inbrünstig. Verglichen mit seinem bevorstehenden Besuch im Blumenladen kommt ihm der Auftrag, einen Pressetext zu entwerfen, plötzlich wie das reinste Entspannungsprogramm vor.

27

Der Tee ist längst leer getrunken, doch Neele Husman will immer noch nicht mit der Wahrheit herausrücken. Sophies Tonfall wird nun schärfer.
»Frau Husman, Sie müssen die Dokumente für Ihre Kinder vorlegen, wenn wir es verlangen.«
Mit einem Gesichtsausdruck, als ob sie am liebsten in den Tisch beißen würde, zischt sie dann doch das Wörtchen »ja« zwischen den zusammengebissenen Zähnen hindurch.
»Kai ist der Vater. So. Jetzt wissen Sie's.«
»Wusste Laura Friedrich davon?«
»Nee, natürlich nicht. Die war auch so schon eifersüchtig genug.«
»Das ist aber doch verständlich, immerhin war sie Kais Ehefrau.«
An der Art und Weise, wie Neele die Mundwinkel verzieht, kann Sophie erkennen, dass ihr das immer schon gegen den Strich ging.
»Frau Husman, was genau wird hier eigentlich gespielt?«
»Wie meinen Sie das jetzt?«
»Nun, so wie ich das sehe, waren Sie und Kai Friedrich

ein Paar und Sie haben sogar zwei Kinder miteinander. Trotzdem hat Kai vor zwei Jahren eine andere geheiratet, nämlich Laura, und mit ihr ebenfalls ein Kind bekommen. Gleichzeitig pflegt er die Beziehung mit Ihnen als Affäre weiter. Warum?«

Neele starrt einfach nur auf den Tisch vor ihr und spricht kein Wort mehr.

»Bitte erklären Sie uns das.«

Doch sie presst ihre Lippen aufeinander und wendet den Blick ab.

Nach einer Weile gibt Sophie das Warten auf.

»Frau Husman, wo waren Sie am Dienstag zwischen dreizehn und fünfzehn Uhr?«

»Arbeiten.«

»Und wo?«

»In der Bäckerei Schiller. Ich helfe dort jeden Tag von neun bis fünfzehn Uhr im Verkauf aus.«

»Wir werden das überprüfen.«

»Bin ich festgenommen?«

Sophie schaut überrascht auf.

»Nein.« *Aber was nicht ist, kann noch werden,* setzt sie in Gedanken hinzu.

»Dann möchte ich jetzt meine Kinder von der Kita abholen.«

»Okay.« Sophie steht auf, zieht eine Visitenkarte aus der Tasche und legt sie auf den Tisch.

»Frau Husman, ich gebe offen zu, ich werde nicht ganz schlau aus Ihnen. Aber ich kann Ihnen sagen, irgendetwas Übles geht hier vor sich. Wenn Sie selbst nicht darin verwickelt sind, dann passen Sie bitte auf sich und Ihre Kinder gut auf. Sie können mich jederzeit anrufen, wenn Sie bereit sind, uns mehr zu erzählen . . . oder wenn Sie Hilfe brauchen.«

Neele Husman reagiert in keiner Weise auf dieses

Angebot. Stattdessen beeilt sie sich, die Ermittlerinnen zur Tür hinauszubegleiten.

Im Treppenhaus macht Svenja ihrem Unmut Luft. »Da stimmt doch irgendwas vorne und hinten nicht.«

Sophie nickt. »Den Eindruck habe ich auch. Als Erstes müssen wir überprüfen, ob ihr Alibi hält. Gnade ihr Gott, wenn nicht.«

28

Nervös lugt Jasper durch die Glastür des Blumenladens. Sabrina ist gerade damit beschäftigt, für eine Kundin einen Strauß zu arrangieren. Unschlüssig tritt er von einem Bein auf das andere. Er weiß, dass er ihr Antworten schuldet. Gestern Abend hat er sich mit der Ausrede von plötzlich auftretenden Magenkrämpfen entschuldigt, wohl wissend, dass es in Wahrheit keine Entschuldigung dafür gibt, wenn man schon vor dem Essen flüchtet. Seitdem hat er all ihre Nachrichten und Anrufe ignoriert, weil er keine Ahnung hat, was er ihr sagen soll.

Als die Kundin mit dem Blumenstrauß den Laden verlässt, nimmt er all seinen Mut zusammen und stapft tapfer hinein.

»Jasper!« Sabrina freut sich sichtlich. »Ist alles okay?«

»Ja, klar. Nein, eigentlich nicht. Also, ich brauche auch so 'nen Strauß wie die Dame eben.«

»Gern.« Sabrina geht um den Ladentisch herum und sucht aus den verschiedensten Blumen die richtigen zusammen. »Was macht dein Magen?«

»Ja, der äh . . .« Sein Blick fällt auf zwei Puppen neben der Registrierkasse, die ihn hämisch angrinsen. »Äh . . .

dem gehts nicht gut.«
»Oh, schade. Ich hatte gehofft, wir könnten heute unser gemeinsames Essen nachholen.«
»Ach, nein, das geht nicht, meine Kollegin feiert heute Geburtstag. Deshalb die Blumen.«
»Ach so, die sind für deine Kollegin?«
»Ja. Was dachtest du denn?«
»Nichts, ich dachte gar nichts«, antwortet sie ausweichend und senkt ihren Blick. »Macht vierzig Euro.«
Jasper zückt seine Geldbörse, reicht ihr die Scheine und nimmt den Strauß entgegen. Er ist schon fast zur Tür hinaus, als er sich doch noch mal umdreht und tief Luft holt.
»Also, das fällt mir jetzt nicht leicht, aber wir können uns nicht mehr sehen.«
Er registriert, wie sich ihre Augen mit Tränen füllen und verlässt so schnell es ihm möglich ist den Laden.

29

Versteckt hinter Büschen lässt sich der Spielplatz gut überblicken. Hier spielen die Jungs am liebsten. Speziell das kleine Fußballtor am Ende der Grünfläche wirkt wie ein Magnet auf die beiden. Er sieht ihnen zu, wie sie um den Ball streiten, bis sie beide am Boden liegen. Normalerweise würde er offen auf sie zugehen. Und sie würden ihm wie jedes Mal in die Arme fliegen. Doch nun ist gar nichts mehr normal.

Dieser verdammte Kommissar mit dem Jungengesicht und der Halbglatze hat zwei Stunden lang seine Aggressionen geschürt. Mit dieser unnötigen Vernehmung, die ihm alles an Beherrschung abverlangte, was er aufzubieten hatte. Am liebsten hätte er ihm die roten Backen eingeschlagen. Nun fühlt er sich wie eine scharf gemachte Bombe, bereit, beim geringsten Anlass hochzugehen.

Die Frau, die er liebt, sitzt auf der Bank neben dem Spielplatz und sieht ihren Kindern zu. Ihr blondes Haar hängt in langen Strähnen über die Lehne. Mit jeder Faser seines Körpers sehnte er sich nach ihr, während er eine unnötige Frage nach der anderen über sich ergehen lassen musste.

Hätte er nicht so viel Scheiß gebaut, würde ihr Leben anders aussehen. Und das seiner Jungs auch. Er schuldet ihr etwas, das weiß er, und er ist bereit, den Preis zu bezahlen. Doch war ihm niemals klar, dass er so hoch sein würde.

Nun hat er Angst, ihr in die Augen zu sehen. Angst davor, was er darin erkennen könnte.

Was, wenn er ihr das, was sie getan hat, nicht verzeihen kann?

30

Sophie liebt ihr Abendritual. Es läuft jedes Mal gleich ab, wenn sie von der Arbeit heimkommt. Schlüssel aufhängen, Handtasche aufs Sofa werfen, aus den Schuhen schlüpfen und den kleinen Kater streicheln, der schnurrend um ihre Beine streicht. Barfüßig in den Garten gehen und sich mit einem Glas Rotwein in die bequemen Gartenmöbel kuscheln. Dann endlich eine Zigarette genießen und ihre beste Freundin anrufen. Auch heute, an ihrem Geburtstag, weicht sie nicht davon ab.

Alex hebt schon nach dem ersten Läuten ab.

»Happy Birthday«, gurrt sie ins Telefon. »Hattest du einen netten Tag?«

»Kann man so nicht sagen. Ralf ist aufgetaucht.«

»Wer ist Ralf?«

»Dr. Theissen, Rechtsanwalt aus Hamburg und meine Jugendliebe aus der Abschlussklasse.«

»Oh, wie lieb von ihm, an deinem Geburtstag vorbeizukommen«, erwidert Alex belustigt.

»Witzig. Er hat einen Mandanten vertreten. Und bei dieser Gelegenheit hat er mir eine kleine Aufmerksamkeit überreicht.«

»Also ist er doch nett.«

»Sehr. Das verdammte Päckchen fing an zu vibrieren, als Svenja es angefasst hat. Den Blick meines Chefs hättest du sehen sollen!«
»Ach echt?«, lacht Alex völlig ungeniert. »Und was war in der Verpackung?«
»Keine Ahnung. Ich hab mich geweigert, es zu öffnen.«
»Dann mach es jetzt auf. Vielleicht ist es bloß irgendetwas Harmloses.«
»Okay . . .« Sophie geht ins Haus zurück und fischt das Geschenk aus der Handtasche. Sie legt das Handy auf dem Couchtisch ab und wechselt auf Freisprechmodus, um das Geschenkpapier abmachen zu können.
»Nee, nix Harmloses. Sieht aus wie ein Vibrator, vibriert wie ein Vibrator, wird wohl ein Vibrator sein.«
»Nun, dann weißt du wenigstens, wie du deinen Geburtstagsabend entspannt genießen kannst.« Alex gluckst vergnügt vor sich hin.
»Danke, du bist mir wirklich eine Stütze . . . bleib kurz dran, meine Kollegin ruft gerade an.« Sophie schaltet auf den eingehenden Anruf um. »Moin Svenja, was gibt's?«
»Noch 'n Einsatz!«
»Ist nicht dein Ernst.« Ihre Laune sinkt schlagartig in den Keller.
»Doch. Leider. Ich bin in fünf Minuten bei dir.«

* * *

»Wo fahren wir hin?«, fragt Sophie missmutig, nachdem sie auf dem Beifahrersitz Platz genommen hat.

»Nach Nordstrand.«
»Was ist dort passiert?«
»Weiß ich noch nicht. Der Rüde sagte, er ist schon dort, und wir sollen uns beeilen.«
»Voll super.« Sophie lehnt sich zurück und schließt die Augen. Ist es nicht schon schlimm genug, dass ihre einzige Gesellschaft heute Abend ein fremder kleiner Vibrator ist? Muss das Schicksal ihr auch noch diese Begegnung missgönnen?
Mit einem Mal setzt sie sich alarmiert wieder auf.
»Es ist aber nichts mit Ella Hinrichs passiert, oder?«
»Nee, das hätte mir der Rüde gesagt.«
»Gut.« Sophie gleitet wieder zurück in den vergleichsweise entspannten Zustand der Resignation. Jaspers Mutti hatte sie aufgenommen, als sie in Husum ankam und gleich am Bahnhof strandete, weil sie ihr Apartment nicht wie vereinbart beziehen konnte. Ella hatte ihr ein voll ausgestattetes Mobilheim in ihrem Wohnwagenpark zur Verfügung gestellt und so dafür gesorgt, dass sie ihre ersten lustigen Erinnerungen an die Nordseeküste dort bekam. Nicht nur ihr On-Off-Verhältnis mit Enno, auch den kleinen Otello hat sie aus dieser Zeit behalten.

»Wir holen Jasper noch ab, er wartet an der Rezeption des Campingplatzes«, ergänzt Svenja.

Doch als sie dort ankommen, sehen sie niemanden.

»Okay, dann wird er wohl wegen des Wetters drinnen warten. Kannst du ihn bitte holen?«

»Sicher«, seufzt Sophie und steigt aus. *Was für ein Wetter?*, denkt sie kopfschüttelnd. Kein Regen, kein Wind. Selbst der Nebel ist nur noch in Andeutungen zu erkennen.

Die Rezeption ist leer. Weder Mutti Hinrichs noch Jasper sind zu sehen, also geht sie weiter zu den privaten

Räumlichkeiten, die im hinteren Teil des Hauses liegen. Sie klopft, aber keiner rührt sich. Sie klopft ein zweites Mal.

»Komm rein.« Sie erkennt Ella Hinrichs Stimme und drückt die Klinke. Kaum macht sie einen Schritt in den dunklen Raum, geht das Licht an. Gleichzeitig springen aus allen Ecken Menschen und schreien! Während sie in ihrem Schrecken ein paar Sekunden braucht, um die Situation zu begreifen, stimmen all die offenen Münder ein *Happy Birthday* an.

»Oh....«

Fassungslos stolpert sie zurück und stößt gegen Svenja, die breit grinsend ihre gelungene Überraschung genießt.

31

Als Laura nicht zurückkam, dachte er, sie würde ihn für seine Untreue bezahlen lassen. Obwohl das seinem finanziellen Ruin gleichkam, ließ es ihn innerlich kalt. Doch seit ihre Leiche gefunden wurde, bringt ihn die Sorge um Mia beinahe um. Was ist mit seinem Baby geschehen? Er weiß genau, wer Laura gehasst hat. Wem sie im Weg war. Diese Person wird er heute stellen. Und er wird keine Ausflüchte gelten lassen.

Seine Augen folgen immer noch dem Fünfjährigen, der schon sehr geschickt mit dem Ball umgeht. Seine Mutter und sein Bruder sind längst in die Wohnung hinaufgegangen. Schade, dass der Tag sich bald dem Ende zuneigt, er würde ihm gerne noch länger zusehen.

Als die Dämmerung hereinbricht, öffnet sich eines der umliegenden Fenster und die Mutter ruft das Kind nach Hause. Nun tritt er hinter dem Baum hervor und gibt sich zu erkennen.

»Papa!« Voller Überschwang fliegt der Kleine in seine Arme. »Kommst du mit hoch?«

»Klar.« Kai nimmt den Jungen an der Hand.

Neele schlägt überrascht die Hände vor den Mund, als sie erkennt, wen ihr Söhnchen da an der Hand hält.
»Kai«, flüstert sie. »Endlich.«
Sie wirft sich in seine Arme, aber er hält sie nicht, umarmt sie nicht. Drückt sie nicht an sich. Im Gegenteil. Er entzieht sich ihr.
»Wo ist Jaik?«
»In der Badewanne.«
Kai geht ins Badezimmer, nimmt seinen jüngeren Sohn aus dem Wasser und rubbelt ihn trocken.
»Hast du Hunger, mein Schatz?«

Nachdem die Jungs sauber und satt in die Betten gesteckt wurden, folgt Kai Neele in die Küche, wo sie sich um das schmutzige Geschirr kümmert. Eine Weile sieht er ihr schweigend zu.
»Ich weiß, dass du sie gehasst hast«, sagt er schließlich.
»Ja, und?«
»Du wolltest sie schon am Tag unserer Hochzeit aus dem Weg haben.«
»Ja und? Du hast sie sowieso nicht geliebt. Also wo ist das Problem?«
»Sie war Mias Mutter.«
»Und? Denkst du . . .?«
»Neele, verdammt noch mal. Wo ist Mia?«
»Woher soll ich das wissen?«
»Verdammt noch mal, hör jetzt mit diesen Spielchen auf! Mia ist mein Kind! Ich liebe sie – genauso, wie ich Jaik und Bolke liebe!«
»Aber das weiß ich doch.«
»Dann sag mir, was du mit ihr gemacht hast!«
»Nichts, ich weiß nicht . . .«
»Verflucht Neele, hör auf zu lügen! Ich muss wissen, was mit Mia passiert ist!«

Er spürt, wie Tränen der Verzweiflung über seine Wangen rollen, und er sieht, wie seine Hände sich plötzlich ganz von selbst um den Hals jener Frau legen, die er abgöttisch liebt.

»Sag die Wahrheit«, fleht er immer und immer wieder, während seine Finger sich mehr und mehr um ihren zierlichen Hals krampfen.

32

Nach drei Gläsern Wild Berries Bowle fängt die Party an, ihr richtig Spaß zu machen. Nach dem anfänglichen Schock war Sophie sehr gerührt und zum Überspielen dieser Gefühle kam ihr die Bowle gerade recht. Während sie nun am vierten Glas nippt, kommt ihr sogar ihr Chef sehr unterhaltsam vor. Sie muss zugeben, nicht alle seine Witze sind schlecht.

»Zu schade, dass die Sabrina keine Zeit hatte«, bedauert Ella Hinrichs bereits zum dritten Mal das Fehlen ihrer potenziellen zukünftigen Schwiegertochter. Sophie muss lachen, weil Jasper dabei jedes Mal unglücklich das Gesicht verzieht. Ganz offenbar ist auch er dankbar für die Bowle, wenngleich die Menge noch nicht ausreicht, um seiner Mutti das Beziehungsende zu beichten.

Vermutlich ist das der Grund, warum er weitertrinkt, bis er draußen auf dem Parkplatz allein unter Sternen tanzt.

Svenja, die Sophie gegen Mitternacht zu ihrem Taxi hinausbegleitet, schaut ihm belustigt zu.

»Es ist ein Glück, dass keine Puppen unter den Sternbildern sind.«

Im Taxi gluckst Sophie vergnügt vor sich hin. Die Party hat ihr gutgetan, sie hat all die negativen Gefühle wie Einsamkeit und Traurigkeit vertrieben und Platz geschaffen für eine Heiterkeit, die sie körperlich und emotional beflügelt. Auch, wenn sie zu einem großen Teil der Wild Berries Bowle zu verdanken ist.

An ihrem Haus angekommen, schlüpft sie noch im Wagen aus den Schuhen und geht barfuß über den weichen Rasen im Vorgarten.

Während das Taxi geräuschvoll wendet, ist sie bemüht, bei dem schlechten Licht mit dem Schlüssel ins Schloss zu treffen. So bemerkt sie nicht, wie jemand aus einem parkenden Auto aussteigt und sich von hinten an sie heranschleicht.

Erst als die Tür weit aufspringt und sie einen Fuß ins Haus setzt, spürt sie, dass jemand dicht hinter ihr ist. Jemand, der sich mit hineindrängt und sie von hinten mit beiden Armen umschließt.

Mit einer eingelernten und Hunderte Male geübten Abwehrbewegung streckt sie ihren Angreifer zu Boden. Das Herz schlägt ihr bis zum Hals, als sie sich nun über den verkrümmt Daliegenden beugt und die Handschellen um seine Gelenke klicken lässt.

»Au . . .«, jammert er mit schmerzverzerrtem Gesicht.
»Warum tust du mir so weh?«
»Ralf?«
»Ja, Ralf. Kennst du mich nicht mehr?«
»Mann, du Vollpfosten hast mich zu Tode erschreckt! Was hast du dir bloß dabei gedacht?«
»Ich wollte dich überraschen! Und mit einer Flasche Champagner auf deinen Geburtstag anstoßen!« Mit seinen gefesselten Händen deutet er auf die Aktentasche, die nun neben ihm liegt. »Hoffentlich ist sie noch heil.«

Sophie öffnet die Tasche und sieht nach. Dom

Perignon Vintage Brut. *Mhm, Stil hat er, das muss man ihm lassen.* Aber was zum Teufel soll sie nun tun? Sie starrt unschlüssig auf ihn herab.

»Willst du mir die Dinger nicht wieder abmachen?« Ralf streckt ihr seine Hände entgegen. »Eigentlich gefällst du mir so recht gut.« Nun muss sie doch lächeln.

»Verstehe, wenn das nun in Richtung dominante Polizeibeamtin geht, die sich an ihrem wehrlosen Gefangenen vergreift, dann bin ich gerne bereit mitzuspielen.« Das Grinsen, das sich nun auf seinem Gesicht ausbreitet, ist eindeutig.

»Nein, du Idiot.« Sie macht ihm die Handschellen ab.

»Bloß ein Drink! Wir stoßen an, wir trinken ein Glas, und du gehst wieder.«

Ralf rappelt sich hoch und sieht sie mit einem gewinnenden Lächeln an.

»Kein Geburtstagskuss?«

Sein Gesicht ist nun ihrem so nah, dass sie seine Haut atmen kann.

»Nein«, sagt sie mit Bestimmtheit. »Und wir reden nicht über den Fall.«

»Okay, okay«, stimmt er zu, während er die Agraffe rund um den Champagnerkorken abmacht. »Das hatte ich ohnehin nicht vor.«

*Wer vom Ziel nichts weiß,
wird den Weg nicht finden*

FREITAG

33

»Bärchen! Guck doch mal!«
Aufgeregt steigt Maike mitsamt ihrem Morgenmantel noch mal zu ihrem Rüdiger ins Bett.
Als geborene Frühaufsteherin liest sie immer schon online die Lokalnachrichten, während ihr Bärchen noch friedlich vor sich hinschlummert. Üblicherweise weckt sie ihn kurz vor sieben mit einem köstlich duftenden Pott Kaffee.
Doch heute Morgen hält sie ihm das iPad vor die schlaftrunkenen Augen.
»Guck mal, die Sophie ist in der Zeitung! Das muss durch ihr Küchenfenster fotografiert worden sein.«
Thomsen blinzelt und nachdem er seine Augen so weit im Griff hat, dass es mit dem Fokussieren klappt, erkennt er tatsächlich die Meerkatz, wie sie mit dem eleganten Schnösel aus Hamburg Champagner trinkt. Auf dem Foto sieht man ganz deutlich, wie die beiden einander zuprosten.
Die Headline darüber gefällt ihm gar nicht.

Polizei lässt Hauptverdächtigen frei –
Ermittlerin feiert das mit seinem Anwalt.

So ein verfluchter dampfender Misthaufen aber auch. Kann es nicht einen Fall geben, wo ihm die Meerkatz keinen Ärger macht?

* * *

Als Sophie den Großraum betritt, stürmt Svenja sofort auf sie zu.
»Du bist in den Nachrichten. Mit deinem *Klassenkameraden.*«
»Was?«
»Hier.« Svenja zerrt sie vor den Computerbildschirm.
»Ach du Scheiße!« Sophie wird augenblicklich blass. »Da muss so ein Kackreporter direkt vor meinem Küchenfenster gestanden haben. Gott, ist das gruselig.«
»Stimmt.« Svenja schüttelt sich. »Aber jetzt mal zum Wesentlichen! Wie war die Nacht?«
»Kurz. Wir haben Champagner getrunken, ein paar alte Geschichten aufgewärmt und viel gelacht. Ich hab mich recht bald ins Bett verzogen, weil heute ein Arbeitstag ist, und Ralph hat sich auf der Couch langgemacht.«
»Aber nicht ernsthaft, oder? Du hast Adonis höchstpersönlich auf die Couch verbannt?«
Sophie lacht. »Hey, meine Couch ist gar nicht übel. Sie ist groß, sehr bequem . . .«
Thomsen, der plötzlich hereinplatzt, unterbricht an dieser Stelle. Er wedelt mit dem Ausdruck jenes Artikels, der auch Svenjas Bildschirm ziert.
»Soll das heißen, wir können froh sein, dass dieser Reporter nicht durch dein Wohnzimmerfenster

fotografiert hat?«
»Nein, warum denn?« Sophie reagiert mit so viel ehrlicher Entrüstung, dass er sich zu einer Erklärung herablässt. Wenn auch grummelig.
»Weil diese Art von Freundschaft bei den Leuten den Verdacht schürt, dass wir gar nicht ermitteln, sondern Absprachen treffen.«
»Aber das ist doch ein völliger Blödsinn. Wir haben überhaupt nicht über den Fall geredet.«
»Das kann ich gut nachvollziehen.« Svenjas Gesicht ziert nun ein eindeutiges Lächeln.
»Hey, ich meine es ernst, wir haben bloß auf meinen Geburtstag angestoßen.«
»Und wenn schon«, knurrt Thomsen. »Dieser Scheißartikel taucht genau am Morgen unserer Pressekonferenz auf. Könnt ihr euch vorstellen, welches Thema mir heute von allen Seiten um die Ohren fliegen wird?«
»Chef«, meldet sich Svenja nun ernsthaft zu Wort, »erstens ist das gar keine richtige Zeitung, sondern bloß so 'n lokales Schmierblatt, und zweitens ist es doch nicht Sophies Schuld. Wenn der Typ mit der Kamera in Mutti Hinrichs Vorgarten gelauert hätte, würde es von uns beiden auch so ein Foto geben.«
»Hmm«, brummt Thomsen.
Die Glastür geht neuerlich auf und Jasper stürmt herein.
»Wisst ihr schon das Neueste . . .?«
»Meinst du das hübsche Pärchen in der Husumer Onlinezeitung?« Svenja dreht ihren Bildschirm so, dass er einen Blick darauf werfen kann.
»Oh wow! Kompliment. Du bist gut getroffen, Sophie.«
Die anderen starren ihn perplex an.

»Äh . . . hab ich was Falsches gesagt? Egal, der Kollege vom Eingang hat grad 'nen Anruf bekommen, als ich vorbeigegangen bin. Jemand hat eine Polizeistreife in den Marienhofweg gerufen.«
»Marienhofweg? Wohnt dort nicht . . .?«
»Ja genau, die Neele Husman mit ihren Kindern.«
»Ach verdammt«, flucht Thomsen neuerlich. »Was ist passiert?«
»Keine Ahnung, nur dass die Polizei wegen 'nem Beziehungsstreit kommen soll.«
»So 'n Mist, wir hätten sie schützen müssen.« Sophie springt auf. »Los, Svenja, fahren wir! Wir dürfen keine Zeit verlieren!«

34

»Hast du eigentlich ihr Alibi überprüft?«, will Sophie von ihrer Kollegin wissen, während sie den Dienstwagen durch die Husumer Altstadt steuert. »Nee, noch nicht, irgendwie kam ständig was dazwischen. Denkst du denn, sie steckt da mit drin?«
»Ja. Kai Friedrich hat ein Alibi für die Tatzeit. Also kann er es nicht selbst gewesen sein. Sie wäre nicht die Erste, die ihrem Geliebten einen Gefallen tut.«
»Und dafür attackiert er sie dann?«
»Vielleicht ist sie zu weit gegangen, oder es geht um das Baby? Vielleicht kriegt sie nicht, was sie sich erhofft hat, oder stellt Forderungen? Vielleicht hat er ein Problem, wenn *sein Werkzeug* plötzlich eigene Interessen verfolgt?« Sophie streicht sich eine widerspenstige Strähne aus der Stirn. »Es gibt viele Möglichkeiten, warum es nach einer Tat zwischen Verbündeten eskalieren kann.«
»Stimmt, du hast recht. Ihr Alibi ist wichtig. Ich ruf sofort in der Bäckerei an. Der Name war Schiller, richtig?«
»Ja.«
»Okay.« Svenja öffnet Google auf ihrem Handy und findet innerhalb von Sekunden die Telefonnummer der Bäckerei. Kurz darauf hat sie den Ladeninhaber persönlich an der Strippe.

»Moin Herr Schiller, Kommissarin Tades hier von der Kripo Husum. Können Sie mir bitte bestätigen, um welche Uhrzeit Frau Husman am Dienstag in Ihrer Bäckerei war?«

»Sie war gar nicht da. Hatte Urlaub genommen. Die ganze Woche. Erst am Montag wird sie wieder zur Arbeit kommen.«

Svenja bedankt sich für die Auskunft, beendet das Gespräch und sieht Sophie verblüfft an.

»Ist das zu fassen? Die hat uns so was von glatt ins Gesicht gelogen!«

Vor dem Wohnhaus am Marienhofweg steht ein Streifenwagen. Ein uniformierter Kollege, der mit einem älteren Mann spricht, dreht sich verwundert um, als Svenja ihm von hinten die Hand auf die Schulter legt.

»Moin Sören.«

»Moin. Die Kripo ist an der Sache hier dran?«

»Ja.« Svenja nickt resolut. »Das ist Oberkommissarin Meerkatz, sie übernimmt jetzt.«

»Moin Frau Kommissarin, wir hatten schon das Vergnügen. Können Sie sich erinnern? Sören Rijnders. Ich war zur Stelle, als die alte Trine vom Rad geschossen wurde.« Der Beamte schüttelt ihr mit strahlendem Lächeln die Hand.

»Die alte Trine wurde nicht . . .«, beginnt Sophie, überlegt es sich jedoch mitten im Satz anders. »Was können Sie uns sagen?«

»Nur, was ich von Herrn Karsten weiß. Er hat uns angerufen, weil er sich um Frau Husman Sorgen machte.«

»Ist doch logisch, oder?«, unterbricht der ältere Herr, der neben ihm steht, empört. »Ich werde doch nicht warten, bis er sie umgebracht hat.«

»Das heißt, sie lebt noch?« Sophie atmet erleichtert

aus.

»Klar. Aber er hat sie bedroht. Deshalb hab ich angerufen.«

»Gut. Wo ist Frau Husman jetzt?«

»In ihrer Wohnung, oben im zweiten Stock«, berichtet Rijnders. »Mein Kollege ist bei ihr.«

»In Ordnung, dann erzählen Sie mir jetzt von der Drohung.« Sophie blickt den aufgebrachten Alten im altmodischen Trainingsanzug auffordernd an.

»Und ob ich das tun werde!« Er stellt sich breitbeinig hin, zieht den Gummibund seiner Hose ein Stückchen höher hinauf und holt tief Luft. »Ich steh morgens immer zeitig auf, obwohl ich in Rente bin. Weil mir tut vom Liegen immer so die Hüfte weh, wissen Sie. Und mein Küchenfenster, das ist das hier, sehen Sie?«

Herr Karsten deutet auf ein Fenster gleich neben der Haustür im Erdgeschoss. »Da seh ich immer, wer kommt und wer geht. Und die Frau Husman, die bringt ihre Kinder jeden Morgen in die Kita, bevor sie in die Bäckerei geht. Aber seit Montag geht die nicht mehr arbeiten. Jeden Tag kam die wieder heim, nachdem sie die Kinder weggebracht hatte. Und dann tauchte dieser Typ auf. Ich denke, die haben eine Affäre. Ich finde das nicht gut, wenn Kinder im Haushalt sind, aber mich fragt ja keiner. Am Montag kam er am Vormittag, am Dienstag erst nachmittags. Mittwoch gar nicht. Gestern kam er wieder spät abends. Dafür blieb er über Nacht. Das weiß ich, weil sie sich richtig laut gezankt haben. Das konnte man vom Gang aus hören, und auch dass Gegenstände umgefallen sind. Da war ich schon knapp davor, die Polizei zu rufen, aber dann wars plötzlich still. Es blieb dann ruhig und ich ging schlafen. Aber heute um sechs Uhr früh ging es weiter. Sie stritten lautstark im Stiegenhaus und als ich auf den Gang trat, um nachzusehen, stürmte er an mir vorbei. Sie lief ihm nach und rief die ganze Zeit *Kai bleib da!* Aber er schrie sie an, dass sie dafür bezahlen werde. Das ist doch eine Drohung, nicht wahr?«

»Ja«, bestätigt Sophie, als dieser Mann endlich eine Pause einlegt, um Luft zu holen. »Haben Sie deshalb die Polizei gerufen oder haben Sie noch etwas anderes gehört?«

»Gehört nicht, aber gesehen. Als die Frau Husman wieder ins Haus zurückging, nachdem er davongestürmt ist, hab ich sie gefragt, ob ich was für sie tun kann. Da hab ich es gesehen.«

»Was denn?«

»Die Rötung am Hals. Ein klares Zeichen dafür, dass er sie gewürgt hat.« Er fasst sich theatralisch mit beiden Händen an den Hals.

»Danke Herr Karsten, wir kümmern uns drum.« Sophie nickt Svenja auffordernd zu und geht voran.

»Oh Mann, bin ich erleichtert«, flüstert Svenja. »Ich dachte wirklich, wir finden hier bloß noch ihre Leiche vor.«

»Diese Befürchtung hatte ich auch«, flüstert Sophie zurück und betätigt die Türklingel.

Doch es ist nicht Neele Husman, die ihnen öffnet, sondern der Polizeibeamte, der bei ihr ist, sich jedoch nach einem kurzen Gespräch verabschiedet.

Neele selbst finden sie im Wohnzimmer auf der Couch. Sie kaut an ihren Nägeln und ihr Blick ist panisch.

»Moin Frau Husman.« Sophie setzt sich ihr gegenüber, doch sie reagiert kaum.

»Ich mach uns mal 'n Tee, ja?«, schlägt Svenja vor und berührt sie vorsichtig an der Hand.

Immerhin bekommt sie ein schwaches Nicken als Reaktion.

35

Jasper Hinrichs sitzt an der Seite seines Chefs und starrt in Dutzende neugierige Augenpaare. Mord lockt immer viele Journalisten an, aber das verschwundene Baby sorgt dafür, dass die Sitzreihen bis zum letzten Platz gefüllt sind.

Auch Dienststellenleiter Petersen ist heute anwesend, spricht jedoch bloß die Einleitungsworte und übergibt dann an Thomsen, um den Saal wieder verlassen zu können.

Als der Hauptkommissar an sein Mikro tippt, wird es mucksmäuschenstill im Saal. Bevor er zu sprechen beginnt, mustert er seine Zuhörer und nickt jenen zu, die er kennt. Dann erst beginnt er mit seiner Schilderung des Falles.

Jasper muss zugeben, dass sein Chef heute in Höchstform ist. Während er selbst nur angestrengt herumstottern würde, gelingt es Thomsen, die Leute mit seinem Erzählstil in seinen Bann zu ziehen.

Als er zum Ende kommt, schießen bereits die ersten Hände in die Höhe. Jasper nagt nervös an seiner Unterlippe. Nun kommt der heikle Teil – die Fragen der Journalisten.

Thomsen erteilt einer langhaarigen Blondine aus der ersten Reihe das Wort. »Was gedenken Sie zu unternehmen, um Baby Mia zu finden?«

»Wir haben einen Aufruf mit Foto und Steckbrief verfasst, der heute in allen regionalen Tageszeitungen erscheint, und von dem wir uns wertvolle Hinweise aus der Bevölkerung erhoffen. Zusätzlich haben wir nach wie vor freiwillige Suchteams, die den Küstenstreifen absuchen.«

Der nächste Journalist, der an die Reihe kommt, ein älterer Brillenträger in einem beigefarbenen Sakko, trägt bereits vor seiner Frage ein dreckiges Grinsen zur Schau.

»Herr Hauptkommissar, finden Sie es persönlich in Ordnung, wenn die leitende Ermittlerin, Frau Oberkommissarin Meerkatz, mit dem Anwalt des Hauptverdächtigen ein Verhältnis pflegt?«

Thomsen verzieht keine Miene. »Nun, erstens bin ich der leitende Ermittler, zweitens hat Kai Friedrich für die Tatzeit ein Alibi und scheidet daher als Hauptverdächtiger aus, und drittens . . .« Wieder lässt er seine Blicke über die Menge schweifen. Gut die Hälfte der Anwesenden ist weiblich. »Und drittens würde ich vorschlagen – wir fragen mal die Frauen!«

Er sieht sie der Reihe nach spitzbübisch an.

»Wer von Ihnen wünscht sich einen Chef, der sich in Ihr Intimleben einmischt? Die Hand heben, bitte!«

Ein großes Gelächter ist die Antwort, das neuerlich befeuert wird, als tatsächlich eine Journalistin die Hand hebt.

»Ich schon«, sagt sie schelmisch. »Aber ich bin auch mit ihm verheiratet.«

Auch diese Antwort sorgt für Heiterkeitsausbrüche und die Stimmung entspannt sich. Die weiteren Fragen, die im Anschluss folgen, sind wieder sachlicher Natur. Jasper ist völlig von den Socken, wie leichtfüßig sein Chef diese Situation gemeistert hat. Niemals würde ihm so ein geschicktes Manöver einfallen.

Sein Handyklingelton reißt ihn aus seinen Gedanken. Rasch entfernt er sich aus dem Besprechungssaal und nimmt den Anruf an.

»Hier Svenja. Neele Husman geht es so weit gut, aber wir müssen Kai Friedrich finden. Dringend. Schreib ihn zur Fahndung aus, bitte, mitsamt seinem Fahrzeug.«

»Aus welchem Grund?«

»Wie aus welchem Grund?«

»Na, er hat doch ein Alibi für die Tatzeit.«

»Ja, das ist blöd. Dann nimm Körperverletzung. Neele Husman ist ein wenig rot am Hals.«

»Will sie denn Anzeige erstatten?«

»Keine Ahnung, wir befragen sie noch.« Svenja klingt nun genervt. »Auf jeden Fall will ich keine Zeit verlieren!«

»Schon gut, ich machs. Die Pressekonferenz war übrigens super, Thomsen war echt sensationell, er . . . Svenja?«

Jasper sieht irritiert aufs Display. Aufgelegt. Phlegmatisch zuckt er mit den Schultern und macht sich auf den Weg ins Büro.

36

Die Frau mit dem strähnigen blonden Haar, die wie ein Häufchen Elend auf der Couch hockt, sieht völlig fertig aus. Sie wirkt fahrig, unruhig, nervös. Ihre Hände zittern heftig, als sie sich eine Zigarette anzündet. Plötzlich sieht sie auf und bläst Sophie den Rauch ins Gesicht.
»Warum sind Sie hier?«
»Ihr Nachbar hat uns gerufen. Er dachte wohl, Sie brauchen Hilfe.«
»Pah . . .« Sie schnaubt verächtlich. »Der alte Wichser, der soll sich um seinen eigenen Scheiß kümmern.«
»Er sagt, Sie wurden bedroht.«
»Und wenn? Das ist immer noch mein Problem.«
»Er sagte auch, Sie hätten Druckstellen am Hals. Und die haben Sie. Ich kann sehen, dass Sie gewürgt wurden.«
»Na und? Das ist auch meine Sache. Vielleicht steh ich ja auf solche Spielchen.«
Sophie schüttelt innerlich den Kopf über so viel Verbohrtheit.
»Frau Husman, es ist jetzt Schluss mit lustig. Eine Frau wurde ermordet und ein Baby wird vermisst. Wenn Sie keine Probleme wollen, dann reden Sie jetzt offen mit mir.«

Doch Neele Husman bedenkt sie lediglich mit einem verächtlichen Blick und raucht schweigend ihre Zigarette.

»In Ordnung.« Sophie findet, es ist nun an der Zeit ihre Trumpfkarte auszuspielen. »Frau Husman, ich nehme Sie fest wegen des Mordes an Laura Friedrich. Denn Sie hatten sowohl ein Motiv als auch die Gelegenheit. Was Sie jedoch nicht haben, ist ein Alibi. Das haben wir nachgeprüft.« Um ihre Worte zu untermauern, steht sie auf und zückt die Handschellen. »Meine Kollegin wird das Jugendamt verständigen, damit sich jemand um Ihre Kinder kümmert.«

Einen Augenblick lang schaut Neele Husman ungläubig, im nächsten springt sie von ihrem Platz auf.

»Sind Sie verrückt? Lassen Sie meine Kinder aus dem Spiel. Ich habe niemanden umgebracht.«

»Ich denke schon. Sie waren immer schon eifersüchtig auf Laura Friedrich, weil Kai sie geheiratet hat. Ist es nicht so? Mit Ihnen hatte er bloß ein geheimes Verhältnis, doch ihr hat er einen Ring angesteckt. Mit ihr ist er auf Reisen gegangen, und sie hat er als seine Frau vorgestellt. Ich kann schon verstehen, dass Sie krank vor Eifersucht waren.«

»Quatsch. Kai hat sie nicht geliebt. Niemals. Er hat sie doch bloß des Geldes wegen geheiratet.« Neele sinkt wieder auf die Couch zurück. »Wir waren am Ende. Beide. Wir konnten uns gemeinsam nicht mehr aus dem Dreck ziehen. Kai hatte von seinem Vater 'ne Glaserei geerbt, hier in Husum. Sie produzierten Fenster. Aufwendige Einzelstücke, Sonderanfertigungen, die ganze Palette. Er hat von 'nem Bauunternehmer 'nen Riesenauftrag gekriegt, hat dafür neue Maschinen gekauft – auf Kredit natürlich – und auch Material vorfinanziert. Und dann zahlte der Arsch nicht. Gar nichts. Nicht einen Cent. Der ging einfach in Konkurs und zog uns mit, so

schnell konnten wir gar nicht gucken. Wir haben alles verloren. Ich war gerade schwanger mit unserem zweiten Sohn, als Kai in der Garage der Glaserei den Motor laufen ließ. Er wurde quasi im letzten Moment gefunden.« Sie schnieft und greift nach einem Taschentuch. »Danach kam die Reha und dort lernte er Laura kennen. Sie litt am Mauerblümchen-Syndrom.«
»Was soll das sein?«, fragt Sophie, die von einem solchen Syndrom noch nie gehört hat.
»Keiner sieht mich, weil ich so farblos bin. Aber sie hatte Kohle. So richtig. Mit 'nem früh verstorbenen Papi, der ihr tonnenweise Wertpapiere vermacht hat. Kai sagte, er tut das für uns. Und das tat er auch. Denken Sie, ich könnte mir so 'ne große hübsche Wohnung leisten in dieser kinderfreundlichen Umgebung, wenn er nicht alles bezahlen würde? Der Job in der Bäckerei reicht noch nicht mal für die Miete.«
»Kai hat Laura also von Anfang an etwas vorgemacht?«
»Ja«, gibt Neele offen zu.
»Dann müsste er doch glücklich sein über ihren frühen Tod. Immerhin erbt er jetzt alles.«
»Genau! Das Gleiche hab ich ihm auch gesagt. Ich wollte mit ihm feiern, dass wir nun frei sind. Und reich!«
»Aber . . . ?«, fragt Sophie, weil diese Situation geradezu nach einem *aber* schreit.
»Aber er war völlig verändert. Er hat mich angeschrien, mich an die Wand gedrückt, ja sogar gewürgt. So kenne ich ihn überhaupt nicht.« Ihre Schultern beben nun und sie schlägt die Hände vors Gesicht. »Aber das Schlimmste ist, dass er mir nicht mehr vertraut . . . er glaubt, ich habe seine Tochter getötet.«

Nun, damit ist er nicht allein, denkt Sophie. »Wieso glaubt er das?«

»Er fand raus, dass ich nicht in der Bäckerei war. Deshalb. Er sagte, er könne ja verstehen, dass ich Laura umgebracht habe, aber Mia . . .« Ihre Stimme bricht.

»Und, haben Sie?«, hakt Sophie nach.

»Nein. Ich schwöre, ich habe nichts damit zu tun. Ich bin keine Mörderin, und einem Kind könnte ich sowieso niemals etwas antun.«

»Wo waren Sie dann? Ihr Chef sagte, sie hätten sich freigenommen.«

»Ja, wegen Kai. Er wohnt ja jetzt seit zwei Jahren in Hamburg. Laura hat dort eine Villa, und da konnten wir uns nicht so oft sehen. Deshalb wollte ich mir jede Minute freihalten, wenn er in Husum ist«, erklärt Neele aufgebracht.

»Warum haben Sie mir das nicht gleich gesagt?«

»Weil ich nicht wollte, dass Sie denken, dass ich es war. Ich dachte, Sie würden das Alibi vielleicht nicht nachprüfen oder erst später, wenn man den richtigen Mörder schon gefasst hat.«

»Den richtigen Mörder . . . wer könnte das denn sein, Ihrer Meinung nach?«

»Keine Ahnung. Kai hat mit mir kaum über Laura gesprochen. Ich weiß nicht, wer etwas gegen sie hatte.«

»Hmm«, Sophie legt den Kopf schief und steckt ihre widerspenstigen Locken hinter die Ohren. »Von wie viel Geld reden wir hier? Ich meine, die Erbschaft, die ihrem Geliebten nun zufällt?«

»Zwei Millionen ungefähr.«

»Zwei Millionen«, wiederholt Sophie. »Zwei Millionen, die Kai Friedrich bekommt, wenn das Nachlassverfahren vorbei ist. Er hat ein Alibi. Und wenn ich Ihnen glaube, dann hat er Sie auch nicht beauftragt, seine Familie zu töten. Das spricht doch eigentlich gegen eine Flucht, oder?«

Augenblicklich wird Neele blass. Die Panik spiegelt sich erneut in ihren Augen.

»Oh nein, bitte sagen Sie das nicht . . .«

»Ich sage es ja nicht, ich denke bloß nach. Wo also ist Kai hingegangen?«

Statt einer Antwort beißt sich Neele auf die Lippen.

»Er war total neben sich, so verwirrt. Er hatte so 'nen richtig irren Blick, als er mich gewürgt hat . . .« Neeles Stimme bricht und ihre Hände zittern. »Ich habe Angst, dass er versucht, sich etwas anzutun. Sie wissen schon, wenn es ihm zu viel wird . . . wenn alles über ihm zusammenbricht. Bitte, finden Sie ihn.«

37

»Glaubst du ihr?«
Svenja sieht neugierig zu ihrer Kollegin hinüber. Der Nebel hat sich wieder verdichtet und Sophie steuert den Dienstwagen beinahe mit Schrittgeschwindigkeit durch die Stadt.
»Weiß noch nicht. Du?«
»Eher nicht. Sie hat das stärkste Motiv. Ich meine, nicht mal ihr eigener Freund glaubt ihr. Er hat sie sogar gewürgt deswegen.«
Svenja klappt den Spiegel auf der Beifahrerseite herunter, um den Sitz ihres Pferdeschwanzes zu kontrollieren.
»Hmm«, macht Sophie. »Aber eines scheint nun gewiss: Kai Friedrich hat offenbar nichts mit dem Mord an seiner Ehefrau zu tun. Wenn sie es war, dann wohl aus eigenem Antrieb.«
»Und doch hast du sie nicht festgenommen.« Svenja zupft einige Strähnen zurecht und klappt den Spiegel wieder nach oben.
»Das war keine leichte Entscheidung. Gelegenheit und Motiv sind eine Sache, Beweise eine andere. Und wir haben nicht den geringsten. Da müssen wir echt noch

dran arbeiten. Sie hat sich schon vor Tagen freigenommen. Vielleicht war sie im Hotel Nordmeer, um die Lage auszukundschaften und ist dort jemandem aufgefallen? Ich möchte, dass du morgen noch mal sämtliche Hotelgäste und Mitarbeiter befragst, ob sie Frau Husman dort gesehen haben. Ein Foto hat sie uns ja jetzt gegeben.«
»Und auch eine DNA-Probe.« Svenja zieht das Röhrchen mit dem Wattestäbchen darin aus ihrer Tasche und betrachtet es skeptisch. »Ob sie wieder dachte, wir prüfen es nicht nach? Kann es sein, dass sie damit nur Zeit gewinnen will, um abzuhauen?«
»Wohin denn? Ihren Reisepass hat sie doch auch rausgerückt.«
»Trotzdem. Ich trau ihr nicht.«
»Ich auch nicht. Deshalb bin ich für eine 24-Stunden Überwachung. Mal sehen, was der Rüde dazu sagt.«
»Das kann ich dir jetzt schon verraten.« Svenja lacht und lässt dann ihre Stimme eine Oktave tiefer rutschen. »So 'n Quatsch, Meerkatz. Da ham wir kein Budget für. Oder denkst du, das Geld wächst auf Bäumen?«

* * *

»Druck den auch noch aus!«, ruft Thomsen durch die offene Bürotür.
Jasper seufzt. Das ist bereits der siebente Artikel, den sein Chef im Internet über die heutige Pressekonferenz gefunden hat. Und weil der Drucker in seinem Büro schon seit gestern nicht mehr funktioniert, schickt er alles,

was er ausgedruckt haben möchte, einfach weiter.
»Aber in Farbe, weil auf dem Foto bin ich richtig gut getroffen!«
»Ja, Chef. So wie auf den anderen auch.«
»Nicht wahr?«, freut sich Thomsen. Das wird ein wunderbarer Abend heute, wenn er Maike all diese Artikel vorlesen kann. Seine beruflichen Erfolge bringen sie immer so in Stimmung.

Ein Telefon im Großraum läutet. Er kann durch die offene Tür hören, wie Jasper den Hörer abhebt.

»Hinrichs ... ja? Ach nee. Mensch ... Okay, danke.«

»Wer war das?«, ruft Thomsen aus seinem Büro, nachdem sein junger Kollege wieder aufgelegt hat.

»Heiko vom Telefondienst. Schon wieder hat jemand den Buggy gesehen«, brüllt Jasper zurück.

»Und?«

»War 'ne Fehlanzeige. Der Vater, der damit spazieren ging, konnte 'ne Rechnung vorweisen. Mit Kontoabbuchung schon vor Wochen.«

Sophie und Svenja stoßen die Glastür auf und füllen den Raum mit ihren Stimmen.

»Ein schnelles Update, bitte«, verlangt der Hauptkommissar und kommt neugierig aus seinem Büro. »Wie geht es dem Opfer?«

»Sie ist grade so davongekommen.«

»Mit dem Leben?«

»Nö. Mit der Freiheit.« Svenja grinst. »Unsere Oberkommissarin hätte sie um ein Haar verhaftet.«

»Was nicht ist, kann noch werden«, knurrt Sophie. »Wir brauchen unbedingt eine Rund-um-die-Uhr Überwachung für Neele Husman.«

»So? Warum?« Thomsen kneift misstrauisch ein Auge zusammen, was ihm etwas Diabolisches verleiht.

»Weil sie möglicherweise in den Mord verwickelt ist.«

»Sagt wer?«
»Na, ich.« Sophie blickt den Hauptkommissar nun herausfordernd an.»Und Kai Friedrich.«
»Was?«, meldet sich nun Jasper zu Wort.»Ihr eigener Geliebter hält sie für eine Mörderin?«
»Nun, das ist das, was sie sagt«, erklärt Svenja.»Ihn konnten wir noch nicht befragen, weil er verschwunden ist.«
»Das ist doch wohl ein Scherz?«, empört sich Thomsen.
»Leider nein. Er hat die Wohnung heute Morgen nach dem Streit verlassen und keiner weiß, wo er sich zurzeit aufhält. Neele Husman hat Angst, er könnte sich etwas antun.«
»Wieso das denn?« Thomsens Augen weiten sich.
»Weil er es schon mal versucht hat. Vor ein paar Jahren. Da hatte er auch Stress.«
»Ach.«
»Was ist nun mit der 24-Stunden-Überwachung?«, fragt Sophie nach.
»Vergiss es, Meerkatz, wer soll das bezahlen? Denkst du, das Geld wächst auf Bäumen?«
Svenja lacht laut heraus.
»Was ist daran lustig?«, will Thomsen wissen.
Doch sie verkneift sich eine Antwort, obwohl ihr Chef sie mit seinem Blick geradezu fixiert. Zu ihrer Erleichterung ertönt ein lautes Klopfen vom Eingang her.
»Huhu!« Maike winkt durch die offene Glastür und steuert direkt auf ihren Rüden zu.»Guck mal, Bärchen!«
Sie holt eine Tupperware-Box aus ihrer riesigen Handtasche. Jasper springt auf und beeilt sich mit der Begrüßung, um den Inhalt dieser Box sehen zu können. Thomsen macht den Deckel ab und in seinem Gesicht breitet sich ein seliges Lächeln aus.

»Strike«, ruft Jasper und macht die dazu passende Geste. »Guck mal, Sophie, randvoll gefüllt mit Käsekuchen!«

»Ja, komm her, du bist immer noch so dünn!« Maike lockt sie mit einem abgewinkelten Zeigefinger und drückt sie liebevoll an ihre voluminöse Brust.

Svenja stellt eine Kanne Kaffee auf den Tisch. »Frisch gebrüht und auf die Minute fertig.«

»Du wusstest davon? Und hast mir nichts gesagt?« Jaspers Tonfall klingt richtig vorwurfsvoll.

»Wir Frauen reden eben miteinander.« Svenja küsst Maike links und rechts und nimmt sich ein Stück vom Kuchen.

»Kommst du schon mit nach Hause, mein Lieber?«, will Maike nun von ihrem Bärchen wissen.

»Bald. Wir müssen noch ein paar GPS-Daten checken lassen, aber lange wird es nicht mehr dauern.«

»Ich hab schon frei«, bietet Svenja an. »Lust auf 'nen Cocktail am Hafen?«

»Das machen wir!« Maike strahlt. »Und du, Sophie, kommst du auch mit?«

Sophie sieht unsicher zwischen Maike und ihrem Chef hin und her.

»Geh schon«, knurrt er und wendet sich direkt an Jasper. »Aber du bleibst hier. Weil die GPS-Daten von unserem verschwundenen Ex-Verdächtigen und nunmehrigen potenziellen Selbstmordkandidaten fordern sich nicht von allein an.«

38

Jasper durchforstet auf seinem Computer den elektronischen Ordner mit den Formularen.
»Da ist es«, kommentiert er zufrieden, während er den Antrag auf Überwachung mittels GPS-Daten ausdruckt.
»Was soll ich denn jetzt als Begründung reinschreiben? Gewalttätig oder suizidgefährdet?«
»Am besten beides«, antwortet Thomsen voller Überzeugung. »Je mehr Begründungen, desto besser.«
»Äh, Chef?«, beginnt Jasper neuerlich ein Gespräch. »Weißt du, was ich denke?«
Thomsen mustert ihn mit gerunzelten Brauen.
»Eigentlich bin ich ganz froh, dass mir das verborgen bleibt.«
»Was? Ja, also ich hab nachgedacht, wegen der Überwachung für die Husman, und ich bin zu dem Entschluss gekommen, dass es sehr wahrscheinlich ist, dass der Friedrich wieder bei ihr auftaucht.«
»Meinst du?«
»Ja, Chef. Statistisch gesehen kommen Männer, die ihre Frauen misshandeln, wieder zu ihnen zurück. Um sich zu entschuldigen oder sie neuerlich zu misshandeln. Oder beides.«

Thomsen streicht sich nachdenklich über seinen Dreitagebart.
»Da ist was dran. Einen Versuch ist es wert. Druck das Formular für die Überwachung auch aus. Meine Unterschrift kriegst du.«

* * *

Auch wenn man die Sonne aufgrund des Nebels nicht am Horizont versinken sieht, könnte der Husumer Hafen kaum idyllischer sein. Die Schiffe, die am Ufer der Kaimauer befestigt sind, schaukeln sanft. Vor jedem Restaurant stehen Tische im Freien, teilweise liegen Kissen und Decken in Griffweite. Man spürt, dass sich die Sommersaison dem Ende zuneigt. Trotzdem sind fast alle Plätze an der frischen Luft belegt.

Svenja entdeckt einen freien Tisch am Wasser.
»Wie wärs mit einer Runde Caipirinha?«
»Du kannst Gedanken lesen.« Sophie lacht. Ein Cocktail zum Tagesausklang kommt ihr gerade recht.

Nachdem sie ihre Bestellung aufgegeben haben, kann Maike sich keine Sekunde länger beherrschen.
»Jetzt erzähl doch mal von deiner Geburtstagsnacht mit dem Anwalt. Der ist ja ein richtiger Leckerbissen, hab ich gehört. Also aussehensmäßig.«
»Ja, er war immer schon schnuckelig. Schon damals, als wir achtzehn waren, in Berlin.«
»Mhm«, seufzt Svenja und setzt ihre Augenlider auf halbmast.
»Er hat trotzdem auf der Couch geschlafen. Allein«,

stellt Sophie klar.
»Quatsch«, sagt Maike.
»Doch.«
»Hat er es nicht einmal versucht?«, will Svenja wissen.
»Doch schon. Aber ich kenn keinen, der es nicht versuchen würde.«
»Stimmt. Da sind sie alle gleich«, erklärt Maike und sie lachen.
»Bis auf Jasper«, korrigiert Sophie.
»Jahaha.« Svenja kriegt sich kaum noch ein. »Das stimmt, aber der ist auch sehr speziell.«
»Das kannst du laut sagen«, stimmt Maike zu. »Die arme Ella wird wohl noch eine Weile auf ihr heiß ersehntes Enkelkind warten müssen.«
Dann wird sie plötzlich ernst. »Darf ich euch mal was Privates fragen?«
»Klar«, meint Svenja unbeschwert.
»Hast du das nicht schon vorhin getan?« Sophie schmunzelt.
»Ach so, ja. Nein, es geht um mein Bärchen. Ich weiß nicht, wie ich es sagen soll, aber der Rüde ist ein wenig seltsam seit diesem Fall. Nicht so gesprächig wie sonst und auch nicht so . . . fordernd, also ihr wisst schon. Oft schaut er einfach nur ins Leere.«
»Ach. Wäre mir jetzt im Büro nicht aufgefallen«, erwidert Sophie.
»Zu Hause schon. Könnte das mit dem verschwundenen Baby zusammenhängen?«
»Wieso?«
»Er macht hin und wieder seltsame Andeutungen. Über Babys im Allgemeinen, und dass man viel verpasst, wenn man sie nicht aufwachsen sieht. Und dass ein Baby, das verschwindet, eine ganze Familie zerstören kann.«
»Das klingt so gar nicht nach dem Rüden«, meint

Sophie und winkt dem Kellner für einen zweiten Drink. Aber Svenja sieht plötzlich ganz ernst drein.
»Hat er dir nichts erzählt?«
»Was denn?«
»Er hat einen Sohn aus erster Ehe. Peet. Der muss jetzt schon um die fünfundzwanzig sein.«
»Doch, das weiß ich. Und auch, dass sie schon lang keinen Kontakt mehr haben.«
»Ja. Peet schmiss vor dem Abi hin und schloss sich einer Umweltorganisation an. Dabei geriet er öfter mit der Polizei in Konflikt. Auf einer Demo gabs einen Vorfall und Peet wurde verurteilt. Er musste für ein halbes Jahr hinter Gitter. Der Rüde hat ihn dort nicht ein einziges Mal besucht. Seitdem reden die beiden nicht mehr miteinander.«
»Oh . . . also so hat er mir das nicht erzählt.« Maike sieht betroffen drein. »Woher weißt du . . .?«
»Von Matjes, meinem Bruder. Er und Peet waren in der selben Klasse und sind immer noch befreundet.«
»Verstehe, aber warum belastet ihn das jetzt auf einmal?«
»Vielleicht, weil Peet Papa geworden ist? Er hat eine kleine Tochter bekommen. Die ist jetzt ungefähr ein halbes Jahr alt.«
»Nein! Oh mein Gott. Dann ist mein Bärchen ein Opa! Wie süß.« Maikes Augen beginnen vor Aufregung zu strahlen.
»Ja, theoretisch . . .« Svenja verzieht das Gesicht.
»Nix theoretisch. Das packen wir gleich bei nächster Gelegenheit an. Sag deinem Bruder, er soll seinen Freund vorwarnen. Der störrische alte Opa wird zur Versöhnung antanzen.«

39

Die Dunkelheit bricht langsam herein, und auch der Nebel nimmt wieder zu. Die Kälte und die Feuchtigkeit kriechen ihm bis in die Knochen. Er hat sein Auto unweit der Stelle geparkt, wo Mias Mütze gefunden wurde. Die Stelle ist nah am Deich. Die Küste hier wurde abgesucht, das hat man ihm gesagt. Sie hätten sie gefunden, wenn sie noch hier wäre. Tot oder lebend. Die Mütze wäre nass und schmutzig gewesen, wenn sie angeschwemmt worden wäre. Doch das war sie nicht.

Mia hasste die Mütze. Bei jeder Gelegenheit zog sie sie vom Kopf und warf sie aus dem Wagen. Unzählige Male musste er sich bücken, wann immer sie spazieren gingen.

Nun hatte sie diese Mütze zum letzten Mal abgeworfen. Und niemand war da, der sie wieder aufhob.

Er war sich so sicher, dass Neele ihrer unerträglichen Situation ein Ende bereitet hatte. Dass sie die erstbeste Gelegenheit genutzt hatte, um Laura aus dem Weg zu schaffen. Wer sonst hätte ein Motiv gehabt, diese gutmütige, aber durch und durch langweilige Person, die völlig in ihrer Mutterrolle aufging, von der Erde zu tilgen? Durfte er Neele deswegen verurteilen? War es nicht vielmehr seine Schuld? Seine Entscheidung, das Erbe seines Vaters bedingungslos anzunehmen, hatte sie in diese tiefe Verzweiflung gestürzt.

Doch was ist mit Mia? Und warum kann Neele nicht mehr ehrlich mit ihm sein? Warum hat sie alles abgestritten, als er sie nach Laura fragte? Das hat ihn so aufgewühlt, dass sich seine Finger um ihren Hals legten. Nun dankt er Gott wieder und wieder, dass er rechtzeitig zu sich kam, um wieder loszulassen.

Der Blick, mit dem sie ihn ansah, ging ihm durch Mark und Bein. Ein Blick der Fassungslosigkeit. Er hatte keine Schuld in ihren Augen gesehen, keine Reue. Nur Angst.

Alles, was er jetzt noch tun kann, ist, ihr zu glauben. Auch, wenn dann nichts mehr einen Sinn ergibt. Denn das bedeutet, es muss jemand anderer sein Kind hier am Deich entlanggeschoben haben. Aber wer? Und warum? Und wohin?

Wer auch immer Mia entführt hat, er war mit ihr hier, an dieser Straßenkreuzung. Und von hier an gibt es nur zwei Möglichkeiten: Er schob den Buggy weiter oder er packte Kind und Wagen in ein Fahrzeug, das hier irgendwo in der Nähe wartete. In letzterem Fall hätte er niemals eine Chance, seine Tochter zu finden, daher ist es sinnlos, sich mit dieser Option länger aufzuhalten. Aber wenn jemand zu Fuß unterwegs war, gibt es von diesem Punkt an einen Radius, den er absuchen kann. Garten für Garten, Haus für Haus, Wohnhausanlage für Wohnhausanlage.

Bis seine Füße ihn nicht mehr tragen.

Kein Übel ist so schlimm, wie die Angst davor

SAMSTAG

40

Seit langem gelingt es Sophie wieder mal die Erste im Büro zu sein. Nach den After-Work-Drinks gestern am Hafen ließ sie sich ein Fischbrötchen für zu Hause einpacken und genoss dieses in Otellos Gesellschaft. Wie immer zeigte er großes Interesse an ihrem gemeinsamen Abendessen. Unmittelbar danach erklärte sie den Tag für beendet und verkroch sich in ihr Bett. Vermutlich ist sie deshalb schon kurz nach sechs völlig erholt wieder aufgewacht. Und das an einem Samstag. Sie genießt es, in aller Früh allein im Büro zu sein. Gut gelaunt stellt sie das Radio an und befüllt die Kaffeemaschine. Während der Kaffee durch die Maschine läuft, checkt sie ihre E-Mails. Nichts Interessantes dabei. Auf Thomsens Schreibtisch findet sie Spannenderes, einige schriftliche Berichte wurden dort abgelegt. Allen voran die Genehmigung der Überwachung von Neele Husman. Das ist ja mal 'ne positive Überraschung. Auch die GPS-Suche nach Kai Friedrichs Handy wurde bewilligt, der zuständige IT-Spezialist hat den Auftrag bereits übernommen. Die restlichen Berichte beziehen sich auf eingegangene Hinweise aus der Bevölkerung betreffend das Verschwinden von Baby Mia. Mit diesen Ausdrucken unter dem Arm begibt sie sich wieder in die Personalküche, um sich mit Kaffee zu versorgen.

»Moin, schon wer da?«, zwitschert es plötzlich hinter ihr, was sie zum Anlass nimmt, für Svenja auch gleich einen Pott vollzuschenken.

»Hier.« Sie reicht ihrer Kollegin die Tasse und sie setzen sich an Svenjas Schreibtisch zusammen.

Sophie wedelt mit den Blättern.

»Alles Hinweise zu Baby Mia.«

»Lass sehen.«

Svenja nimmt den obersten Zettel an sich und beginnt zu lesen.

»... *habe ich gesehen, wie ein kleines blondes Mädchen an mir vorbeigelaufen ist. Aber Eltern waren keine dabei.* Was ist das für ein Schwachsinn? Mia kann noch gar nicht laufen! Und hat irgendwer gesagt, dass sie blond ist?«

»Nee.« Sophie schüttelt den Kopf. »Sie hat noch keine richtigen Haare, bloß hellbraunen Babyflaum.«

»Okay, gucken wir mal die nächste Meldung an: *Eine Frau schob in der Fußgängerzone einen Buggy. Das Baby, das drinnen saß, war in Blau gekleidet. Vielleicht ein Täuschungsmanöver, um zu verschleiern, dass in dem Wagen ein Mädchen saß.* Angabe zum Aussehen und Alter des Kindes wurden hier ebenso wenig gemacht, wie Angaben zum Kinderwagen.«

»Heilige Scheiße!« Sophie verdreht die Augen und stützt ihren Kopf in beide Hände.

Svenja packt das Blatt empört auf den Stapel zurück.

»Die haben doch alle ein Rad ab! Was sind das für Menschen, die so einen Bockmist verzapfen? Ist denen nicht klar, dass sie mit so einem Scheiß die Suche nach der Kleinen bloß erschweren?«

»Jemand müsste das vorfiltern«, meint Sophie.
»Jemand müsste diesen Vollidioten in die Eier treten!«
»Sprichst du von Journalisten?«, fragt Jasper, der gerade den Großraum betritt.
»Nein, von Informanten. Fleißigen, gesetzestreuen Bürgern, die der Polizei helfen wollen.«
»Die magst du nicht?«
Svenja drückt ihm die Unterlagen in die Hand. »Mal sehen, ob du sie leiden kannst, nachdem du das hier gelesen hast.«
Die Glastür zum Großraum schwingt neuerlich auf und der Hauptkommissar macht das Team perfekt.
»Besprechung bei mir in fünf Minuten«, brummt er zur Begrüßung.

* * *

Svenja verteilt Kopien der eingegangenen Hinweise und Thomsen lehnt sich zufrieden zurück. Die Pressekonferenz und der Aufruf an die Bevölkerung zur Mithilfe haben sich offenbar gelohnt.
»Freu dich nicht zu früh«, warnt Sophie.
»Wieso?«
»Wir haben unter all diesem Schrott genau zwei Hinweise gefunden, die wir überprüfen werden: Eine Frau hat ihre Nachbarin gemeldet, weil sie plötzlich ein Baby hat, mit dem sie nicht schwanger war. Sie hat allerdings einen anderen Kinderwagen. Und ein Mann hat angegeben, seine Ex-Freundin wäre so fixiert auf ein Kind, dass er ihr zutrauen würde, eines zu stehlen.«

»Und der Rest?« Thomsen blättert durch die Unterlagen.

»Kompletter Schwachsinn«, meint Sophie.

»Aber zum Quadrat«, ergänzt Svenja. »Mein Highlight: Ein gewisser Olaf Nyborg, der aus Eckernförde angerufen hat. Er hat angegeben, zwei Erwachsene mit einem Baby auf einem Boot gesehen zu haben. Mit Kurs nach Osten, sodass er nicht ausschließen könne, dass sie es nach Polen bringen wollen.«

Nun schüttelt auch Thomsen den Kopf.

»Verdammte Fischköppe.«

»Ich möchte mit Svenja den beiden Hinweisen nachgehen, die nicht völlig daneben sind«, wiederholt Sophie, um das Gespräch wieder auf sachliches Terrain zu bringen.

»Gut«, stimmt Thomsen zu. »Jasper, du verfolgst Husmans Überwachung und auch die GPS-Suche nach Kai Friedrich. Gibt es da schon irgendetwas Neues?«

»Nee. Ich hab auf dem Weg ins Büro mit dem Uwe telefoniert. Er sagt, seit das GPS-Tracking läuft, hat der Friedrich sein Handy noch nicht ein einziges Mal eingeschaltet.«

»Blöd«, kommentiert Svenja.

»Mhm, schon«, stimmt Jasper zu. »Ach ja, das DNA-Ergebnis vom Babymützchen ist da – und wenig überraschend tatsächlich Mia Friedrich zuzuordnen.«

»Wenigstens eine gute Nachricht. Vielleicht ist die Kleine ja doch noch am Leben«, brummt Thomsen.

»Hoffen wirs«, meint Svenja. »Wurde eigentlich die Tatwaffe mittlerweile gefunden?«

»Nein. Kein Messer weit und breit. Überhaupt hab ich das Gefühl, dass wir mit unseren Ermittlungen auf der Stelle treten. Hat irgendjemand eine Idee, wie wir den Fall voranbringen können?«

»Ja«, meldet sich Svenja. »Sophie und ich haben gestern besprochen, dass wir unbedingt nochmal ins Hotel Nordmeer müssen, um sämtliche Mitarbeiter dort nach Neele Husman zu fragen. Möglicherweise hat sie jemand dort gesehen.«
»Ich bin dabei«, stimmt Jasper sofort zu. »Wenn sich jemand erinnern kann, dass sie dort rumhing und die Laura Friedrich beobachtete, würde das unseren Verdacht gegen sie erhärten. Ein Foto von ihr haben wir, oder?«
»Ja«, bestätigt Svenja. »Sie hat uns eines gegeben.«
»Sehr gut«, befindet Thomsen und nickt anerkennend.
»Ich hätte noch eine Idee«, bringt sich Sophie nun ein. »Wenn wir davon ausgehen, dass die kleine Mia noch lebt, macht es vielleicht Sinn, die Kinderärzte in der Umgebung anzurufen, ob ihnen etwas aufgefallen ist. Vielleicht macht Mia Probleme in ihrer neuen Umgebung, möglicherweise ist sie erkrankt.«
»Nun ja, schaden kanns nicht. Aber heute ist Samstag. Da werden nicht viele erreichbar sein«, Thomsen erhebt sich. »Ihr könnt es ja trotzdem versuchen.«

41

Früh am Morgen ist die Luft kalt und feucht, die Glieder steif. Die Sonne kämpft sich mühsam durch den Nebel. Von ihren wärmenden Strahlen ist noch nichts zu spüren. Gestern Abend überlegte er, zu Neele zurückzukehren. Nichts wünschte er sich mehr, als zu ihr ins Bett zu kriechen und all seinen Kummer und seine Angst mit ihr zu teilen. Seinen Kopf an ihre Brust zu legen und ihre Stimme zu hören, die ihm verspricht, dass alles wieder gut wird.

Doch er hat es nicht gemacht. Zu groß war die Angst, neuerlich verhaftet zu werden. Festgesetzt. Eingesperrt in einen Raum, in dem er nicht atmen kann – nicht denken kann.

Er würde wahnsinnig werden. Noch wahnsinniger, als er gestern schon gewesen ist. Er hat die Frau attackiert, die er über alles liebt. So etwas macht nur jemand, der völlig durchgeknallt ist.

Ins Hotel zurückzukehren ist ebenfalls keine Option. Dort würden sie ihn zuallererst suchen, sollten neue Verdachtsmomente gegen ihn auftauchen. Er muss seine Freiheit behalten, um nach seiner Tochter zu suchen. Das ist alles, was ihm noch bleibt.

Mias Buggy ist grau. Schon beim Kauf fand er, das wäre ein wenig farblos für einen Kinderwagen, aber Laura setzte sich durch. Diese Farbwahl erschwert ihm nun die Suche. Von dem Punkt ausgehend, an dem er sein Auto stehen ließ, suchte er bereits gestern unzählige Vorgärten nach diesem Wagen ab. Läutete an Türen und fragte nach seinem Baby. Erzählte seine Geschichte und bat jede und jeden inständig, nach einem grauen Buggy Ausschau zu halten.

Die meisten waren nett. Manche luden ihn auf einen Tee ein, andere nickten bloß. Es war keiner dabei, der sich weigerte zu helfen. Vermutlich, weil man ihm seine Verzweiflung bereits ansehen kann.

Heute früh fuhr er sein Fahrzeug zu einem neuen Ausgangspunkt. Nun überlegt er, den Motor noch eine Weile laufenzulassen, um sein Handy zu laden, dessen Akku schon lange leer ist. Doch er entscheidet sich dagegen.

Vor ihm liegt ein unförmiger vierstöckiger Wohnblock. Mit verwinkelten Hinterhöfen und gemeinschaftlichen Mülltonnen.

Er wartet, bis jemand herauskommt und schlüpft in den Flur. Vom vierten Stock aus arbeitet er sich Tür für Tür abwärts.

Im zweiten Stock entdeckt er tatsächlich Mias Buggy. Also zumindest das gleiche Modell in demselben Grau. Mit klopfenden Herzen geht er in die Hocke und inspiziert den Wagen. Er ist schmuddeliger, als er ihn in Erinnerung hat und der Bezug weist einen Riss auf. Trotzdem, das könnte er sein.

Er läutet.

Bald schon hört er Schritte und die Tür wird geöffnet. Eine junge Mutter mit kurzen, ungekämmten Haaren steht vor ihm. Hinter ihr kommt ein kleiner Junge

angetrapst. Ein wenig wackelig noch, so, als ob er das Gehen gerade erst erlernt hätte.
»Entschuldigung, ich wollte nicht stören. Ich suche bloß meine kleine Tochter.«
Die Frau macht große Augen, lässt ihn in die Wohnung und bietet ihm Tee an. Sie habe schon in den Nachrichten davon gehört, das wäre alles so schrecklich.
»Ja.« *Das ist es wirklich.* Kai nimmt den Tee an und auch die Möglichkeit, die Toilette zu benutzen, und verabschiedet sich wieder.
Es warten noch viele Türen, an die er klopfen muss.

42

Sophie starrt durch ihre Terrassentür in den Garten hinaus. Der Nebel hat sich teilweise verzogen, doch die Dämmerung kommt nun schon deutlich früher als im Sommer.

Der Tag war frustrierend. Nichts, aber auch gar nichts hat sich weiterentwickelt. Kai Friedrich war mittels GPS nicht zu orten, weil sein Handy ausgeschaltet blieb. Und die Hinweise, denen sie und Svenja heute nachgingen, stellten sich als reine Zeitverschwendung heraus.

Sie streicht Otello über den Kopf und öffnet eine Dose mit Lachs für ihn.

»Wenigstens einer von uns ist happy«, sagt sie, während sie ihm zusieht, mit welcher Begeisterung er sein Futter verschlingt.

Ihr Handy läutet und schreckt sie aus ihren melancholischen Gedanken auf. Das Display zeigt *Dr. Alexandra Müller*, mit einem lachenden Smiley dahinter.

»Hi Alex.«

»Hi Süße. Du klingst traurig.«

»Bloß frustriert«, präzisiert Sophie.

»Dienstlich oder privat?«

»Beides. Mein Liebesleben ist nur in den Medien

glamourös, in Wahrheit ist hier tote Hose. Und dieser Fall ... das vermisste Baby will nirgendwo auftauchen! Heute haben wir den ganzen Tag vergeudet, weil wir falschen Hinweisen nachgegangen sind. Eine Frau hat ihre Nachbarin gemeldet, weil die plötzlich ein Baby bei sich zu Hause hatte, ohne schwanger gewesen zu sein. Aber es stellte sich raus, sie passt bloß auf das Baby ihrer Schwester auf, weil die sich einer Operation unterziehen muss. Und außerdem war dieses Baby erst drei Monate alt.« Sophie schüttelt genervt den Kopf. »Der nächste Hinweis war auch nicht besser. Ein Mann gab an, seine Ex-Freundin würde über Leichen gehen, um an ein Kind zu kommen. Die haben wir auch besucht. Die Frau ist sechsunddreißig, hört die biologische Uhr ticken und drängt deswegen auf eine Familienplanung. Das ist völlig verständlich und hat uns, was Mia betrifft, keinen Millimeter weiter gebracht.«

»Mhm«, macht Alex. »Vielleicht könnte es dir helfen, noch mal mit dem Gerichtsmediziner zu sprechen?«

»Wozu?«

»Ich hab auch ein wenig nachgedacht. Es wäre interessant zu wissen, ob der Tod unvermeidlich war.«

»Wie meinst du das? Wir wissen, dass Laura an den Stichverletzungen starb.«

»Stimmt, das hast du mir erzählt. Die Frage ist, wie lange hat es gedauert, bis der Tod eintrat, und hätte sie überlebt, wenn man sie rechtzeitig gefunden hätte? Oder anders formuliert, konnte der Mörder wirklich sicher sein, dass sie stirbt?«

»Jetzt kapier ich, worauf du hinaus willst. Du meinst, es könnte sein, dass es ihm bloß darum ging, sie auszuschalten, im Sinne von kampfunfähig machen?«

»Ja, sie musste aus dem Weg geschafft werden, aber nicht ihretwegen, sondern wegen des Babys«, bringt Alex

die Sache auf den Punkt.
»Das würde unsere Ermittlungslage ändern. Es würde alles ändern. Danke dir, ich muss da jetzt drüber nachdenken, ich melde mich morgen.«

Ihrem plötzlichen Drang nach frischer, kühler Luft nachgebend, bindet Sophie ihre Locken zusammen und zieht warme Stiefel an.

»Bleib brav, mein Süßer«, flüstert sie dem Kater zu und schlüpft in eine warme Jacke. »Dein Frauchen ist bald zurück.«

Es hat etwas herrlich Befreiendes, in der nasskalten Dämmerung Richtung Meer zu spazieren. Schobüll ist nicht groß, und so gelangt sie schon nach zwanzig Minuten ans Nordseeufer. Sie liebt das naturbelassene Marschland, in dem die Pflanzen je nach Wasserstand stehen oder schwimmen, und lässt keine Gelegenheit aus, den endlos langen Holzsteg, der aufs Meer hinaus führt, entlangzuspazieren. Hier an der Schobüller Seebrücke war ihre erste Leiche gefunden worden, am selben Tag, als sie von Berlin ankam. Vieles hat sich seitdem verändert, anderes nicht. Es gibt immer noch Tage oder vielmehr Nächte, in denen unliebsame Gefühle übermächtig werden. Ganz besonders die Angst, von der Einsamkeit verschluckt zu werden.

Sie setzt sich auf die Brüstung und lauscht den Wellen. Dort, wo sich der Nebel bereits verzogen hat, spiegelt sich das Mondlicht im Wasser.

Vielleicht haben sie sich zu sehr auf die Friedrichs und deren kompliziertes Verhältnis zueinander konzentriert? Vielleicht haben sie etwas übersehen, weil sie voreingenommen waren? Kai Friedrich war zu keinem Zeitpunkt sympathisch, er hätte gut als Mörder gepasst. Selbst als er ein Alibi vorweisen konnte, ließen sie nicht von ihm ab. Immerhin könnte er ja seine heimliche

Geliebte beauftragt haben...

Hier, an der frischen, kühlen Meeresluft, kommt ihr der Gedanke, dass sie sich möglicherweise in ihren Annahmen verirrt haben, gar nicht mehr absurd vor.

Mit neuem Elan springt sie von der Brüstung und setzt zum Laufschritt an. Es gibt einiges, was sie noch recherchieren muss.

Als sie ihren Vorgarten erreicht und den Schlüssel aus ihrer Jackentasche fummelt, kann sie plötzlich jemanden hinter sich atmen hören.

Sie fährt herum und erschrickt heftig, als mit einem Mal ein großer schlanker Mann vor ihr steht.

»Überraschung«, sagt er breit grinsend und streckt ihr eine Flasche entgegen.

»Du schon wieder? Was ist bloß los mit dir?« Sie stößt ihn vor die Brust.

»Nichts, ich dachte bloß, du bist vielleicht auch einsam.«

»Bin ich auch«, blafft Sophie. »Aber das ist kein Grund, mich ständig zu verfolgen!«

»Wie kann ich das bloß wieder gutmachen?« Ralf hebt die Champagnerflasche ein wenig höher und unterstreicht die Geste mit seinem charmantesten Lächeln.

Kleine Schritte sind besser als gar keine

Montag

43

Die Sonnenstrahlen brechen durch die schlampig zugezogenen Vorhänge und kitzeln Sophie in der Nase. Noch im Halbschlaf registriert sie, dass jemand neben ihr schnarcht.

Eigentlich ist es kein richtiges Schnarchen, mehr ein lautes Atmen. Sie blinzelt, erkennt Otello, der sich an ihre Brust gekuschelt hat, und stupst ihn aus dem Bett.

Das geräuschvolle Atmen setzt sich fort. Sie rollt sich auf die andere Seite und stößt gegen einen warmen männlichen Körper, den sie zweifelsfrei als Lärmquelle identifiziert.

Schon die zweite Nacht schläft er neben ihr. Sie betrachtet ihn unschlüssig. Nachdem er beschlossen hatte, ein paar zusätzliche Tage in Husum zu verbringen, gelang es ihr nicht, ihn aus ihrem Haus zu vertreiben. Nun ja, allzu viel Mühe hat sie dafür nicht aufgewendet.

Wozu auch? Frei nach dem Motto *Ist der Ruf erst ruiniert, lebt es sich ganz ungeniert* hat sie den ganzen Sonntag in seiner Gesellschaft genossen.

Doch nun ist Montag und die Arbeit ruft bereits. Wenn sie ihn weckt, muss sie mit ihm reden. Wenn sie ihn schlafen lässt, kann sie einfach ins Büro fahren.

Sie entscheidet sich für Zweiteres und tappt leise ins Badezimmer.

* * *

Als sie Thomsens Büro betritt, sind alle anderen schon um den Besprechungstisch versammelt. Das hat sie jetzt davon, dass sie viel zu spät von zu Hause aufgebrochen ist.
Ihr Plan, wortlos und unbehelligt der Situation zu entfliehen, hat nicht funktioniert. Genau genommen hat Ralf ihn bewusst vereitelt, indem er just in dem Moment zu ihr unter die Dusche schlüpfte, als sie das Haarshampoo in ihren Haaren verteilte. Und er ging nicht mehr weg. Er half beim Abspülen und musste beweisen, wie toll er die Pflege in die Haarspitzen kneten konnte, bevor er dazu überging, sie mit Duschgel am ganzen Körper einzucremen. Zugegebenermaßen machte er einen hervorragenden Job, wenn man von dem Nebeneffekt absah, dass sie ihr Zeitgefühl verlor.
Sie räuspert sich.
»Entschuldigung. Ich wurde aufgehalten.«
»Von zwei gut trainierten Männerarmen?«, spöttelt Svenja und trifft mühelos ins Schwarze.
»Ich wills gar nicht wissen«, geht Thomsen dazwischen. »Solange die Presse nicht live dabei war . . .«
»Hey!«, wehrt sich Sophie und ärgert sich, dass ihre Kollegen so einen ausgeprägten Spürsinn besitzen, wenn es um ihr Liebesleben geht. »Gibt es was Neues? Von Kai Friedrich oder Neele Husman?«

»Nee.« Jasper schüttelt enttäuscht den Kopf. »Sein Auto ist nirgendwo aufgefallen und sein Handy macht er überhaupt nicht an.«
»Der weiß, wie man untertaucht«, brummt Thomsen.
»Bei Neele tut sich auch nichts. Sie blieb das ganze Wochenende mit den Jungs zu Hause und hat auch keinen Besuch erhalten. Heute früh brachte sie die beiden in die Kita und ging anschließend in die Bäckerei«, berichtet Svenja. »Klara, die mit Dietmar zur Überwachung eingeteilt war, sagte, dass sie jetzt Psychotherapie beantragt. Der Job wäre vor lauter Langeweile unerträglich. Und dann auch noch mit Dietmar . . . er hat seine Zehennägel im Dienstwagen geschnitten!« Sie verzieht angeekelt das Gesicht.
»Ist das so schlimm?«, fragt Jasper arglos.
»Ja«, bestätigt Sophie. Nachdem Thomsen sich bereits lautstark räuspert, kehrt sie wieder zum Thema zurück. »Gibt es neue Hinweise zu Mia?«
»Keine ernstzunehmenden.« Ihr Chef zieht frustriert die Mundwinkel nach unten. »Von dem Aufruf in den Medien hatte ich mir echt mehr erwartet. Haben die Anrufe bei den Kinderärzten etwas gebracht?«
»Nein. Bisher nicht. Ich habe aber auch kaum welche erreicht. Bloß jene, die am Wochenende Notdienst hatten«, muss Sophie eingestehen.
Auch die anderen können keine Ermittlungsfortschritte vorweisen.
»Die Befragung der Hotelangestellten war total für'n Arsch«, berichtet Jasper ungewohnt derb. »Niemand dort hat Neele Husman schon mal gesehen.«
»Schlecht, schlecht.« Der Hauptkommissar kratzt sich am Kinn. »Dieser Fall ist meilenweit von einem Durchbruch entfernt. Hat irgendwer einen Geistesblitz?«
»Nö«, meint Svenja und Jasper schüttelt ablehnend den

Kopf.

»Vielleicht«, meldet sich Sophie. »Ist aber mehr 'ne Theorie als ein Blitz.« *Und eigentlich ist sie nicht mir eingefallen, sondern Alex,* denkt sie sich dazu.

»In der Not frisst der Teufel Fliegen«, kommentiert Thomsen. »Also raus damit.«

»Ich habe auf dem Weg hierher nochmal mit dem Gerichtsmediziner telefoniert. Dr. Jensen sagte, Laura Friedrich hätte auch überleben können. Die beiden Stiche in den Bauch waren nicht lebensbedrohlich, und wenn der tödliche Stich nur einige Millimeter weiter rechts gewesen wäre, hätte er die Lunge nicht perforiert und sie hätte beim Eintreffen der Rettung noch eine Chance gehabt. Ich denke nun . . . vielleicht war es dem Täter egal, ob sie überlebt oder nicht, weil es in Wahrheit nicht um sie ging?«

»Sondern um das Baby?«, wirft Svenja ein. »Wow. Jetzt hab ich eine Gänsehaut.«

»Ja, die hatte ich auch, als mir der Gedanke kam. Ich hab dann ein wenig im Internet recherchiert. Es kommt immer wieder vor, dass Frauen mit übersteigertem Kinderwunsch Babys entführen, um sie zu behalten. Dafür spricht, dass wir Mias Mütze circa zwei Kilometer vom Tatort entfernt gefunden haben, aber ihre Leiche bislang nicht.«

Auch Jasper ist von dem neuen Ermittlungsansatz angetan. »Das ist echt 'n toller Input! Eine Entführung, um Geld zu erpressen, schließt du aus?«

»Eigentlich schon. Täter, die es aufs Geld abgesehen haben, wissen meistens genau über jene Leute Bescheid, die sie erpressen wollen. In dem Fall hätten sie Laura unbedingt am Leben gelassen, weil sie sofort über die finanziellen Mittel hätte verfügen können. Kai hingegen muss erst mal die Erbschaftsformalitäten abwarten.«

»Also übersteigerter Kinderwunsch? Das ist deine Theorie?« Thomsen zieht die Augenbrauen hoch. »War da nicht mal ein Fall in den USA, wo einer Hochschwangeren das Baby aus dem Bauch geschnitten wurde?«
»Hab ich auch von gehört, Chef«, stimmt Jasper sofort zu.
»Deshalb denke ich«, führt Sophie ihre Theorie weiter aus, »dass in unserem Fall eine Frau die Täterin sein könnte. Oder ein Paar.«
»Aber auf jeden Fall niemand aus dem familiären Umfeld«, denkt Thomsen weiter, »sondern jemand anderer. Jemand, der die Friedrichs zuvor ausspioniert hat. Möglicherweise sogar ein völlig Fremder, von dem weder Kai noch Laura Friedrich etwas wussten. Das ändert alles.« Er streicht sich nachdenklich über seinen Drei-Tage-Bart. »Jasper und Svenja, ihr geht noch einmal ins Hotel und befragt dort alle, ob irgendjemandem eine Person aufgefallen ist, bevor das Baby verschwand. Denkt auch an die Hotelgärtner. Und du«, er dreht sich zu Sophie um, »du redest mit dem Jugendamt. Nimm dir die Mitarbeiter im Adoptionsbereich vor. Erklär ihnen deine Theorie und bitte sie um Mithilfe. Denn vielleicht hat unsere Täterin zuvor alle rechtlichen Möglichkeiten ausgeschöpft.«

44

Seit den frühen Morgenstunden ist Kai bereits wieder auf den Beinen. Neue Straßenzüge, neue Vorgärten und neue Hinterhöfe warten auf ihn. Die Gegend ist nun sehr ländlich. Große Grünflächen, Hühner und Schafe prägen zunehmend das Ortsbild. Die einzelnen Häuser liegen recht weit auseinander, immer wieder muss er zwischendurch ein Stück mit dem Auto fahren.
An über hundert Türen hat er heute schon geklopft, über hundertmal schon Menschen den Kopf schütteln gesehen.
In einem der Hinterhöfe entdeckte er einen weiteren grauen Buggy der Marke Boom. Diesmal gehörte er zu einem Mädchen, sogar in Mias Alter, allerdings mit strohblonden Locken und grünen Augen. Ihre Mutter reagierte bestürzt, und er konnte sehen, wie sie ihre Kleine sofort ein wenig fester an sich drückte. Auch sie versprach, die Augen offenzuhalten.
Seit einer Stunde nieselt es nun schon und er spürt, dass er mit seinen Kräften langsam am Ende ist, obwohl es noch nicht einmal Mittag ist. Nach den Nächten im Auto fühlt er sich gerädert, schmutzig und verschwitzt. Bestimmt riecht er schon schlecht. Ein Wunder, dass es

noch Menschen gibt, die ihn in ihre Häuser lassen und Tee anbieten.

Er kann nicht noch eine weitere Nacht in diesem Auto schlafen. Heute Abend, wenn es dunkel ist, wird er zu Neele fahren. Sich entschuldigen und hoffen, dass er bei ihr duschen und übernachten darf. Seinen Jungs beim Schlafen zusehen, sich ausruhen. Erholen. Um wieder fit zu sein für den nächsten Morgen . . .

Er beschließt, heute nur noch wenige der abgelegenen Höfe und Reetdachkaten aufzusuchen, denn seine Beine sind bereits schwer wie Blei und seine Rückenmuskeln brennen.

Regen tropft auf die Windschutzscheibe, während er an einem abgelegenen Haus aus den für diese Gegend so typischen roten Ziegelsteinen hält.

Ein Hund kommt laut bellend angelaufen, sowie er einen Fuß aus dem Auto setzt. Schnell zieht er die Wagentür wieder zu. Sein Besitzer kommt nun hinterher und Kai lässt sein Seitenfenster ein wenig herunter.

»Moin, ich bin Kai Friedrich. Mein Baby wurde entführt. Haben Sie irgendwas Ungewöhnliches bemerkt?«

»Das aus der Zeitung? Wo die Mutter am Deich erstochen wurde?«

»Ja.«

»Oh Mann, das ist Scheiße.«

»Ja.«

»Nee, ich hab nichts gesehen. Hier gibts keine Kinder. Wär mir aufgefallen, wenn eins rumlaufen würde.«

»Sie läuft noch nicht. Ist erst elf Monate. Hat 'nen grauen Buggy.«

»So 'n schickes Teil mit großen Rädern?«

»Ja . . . ja, ein Buggy der Marke Boom.« Kai spürt, wie sich sein Herzschlag beschleunigt. »Haben Sie so einen

gesehen?«
»Weiß nicht. Mit Marken kenn ich mich nicht aus. Außerdem war viel Nebel in letzter Zeit. Da sieht man nicht so gut. Könnte nichts beschwören.«
»Geben Sie mir zumindest einen Hinweis!«
»Eher von dort.« Er deutet zum Wald hinüber.
»Danke.«
Kai macht das Fenster wieder hoch und fährt in die angegebene Richtung.

Der Regen nimmt zu. Die Sicht ist schlecht, aber was er von der Umgebung wahrnehmen kann, wirkt trist. Nur noch dieses Haus finden, den Kinderwagen sehen. Und wieder einen Ortsteil abhaken. Dann, endlich, wird er sich eine Pause gönnen.

Am linken Straßenrand tauchen zwei Häuser nebeneinander auf. Sie wirken beide verlassen. Kein Auto, kein Fahrrad und keine Mülltonne. Dafür Fenster, die vor Schmutz bereits blind sind.

Er fährt weiter. Rechts führt eine schmale Straße von der Hauptstraße in den Wald. Er biegt ein wenig zögerlich ein, weil dieser Weg bloß geschottert ist.

Doch nach wenigen Minuten taucht auf der rechten Seite ein Häuschen auf. Und es wirkt bewohnt. Ein Fahrrad ist zu sehen, sogar mit einem Kinderanhänger.

Er parkt das Auto auf dem kleinen Grünstreifen neben der Straße, steigt aus und sieht sich um. Die Mülltonne neben dem Eingang quillt über. Kai hebt den Deckel ein Stück an. Volle Windeln. Eine Menge davon. Das ist definitiv ein Beweis dafür, dass ein kleines Kind hier wohnt.

Er will gerade einen heimlichen Blick durchs Fenster werfen, als die Eingangstür ohne Vorwarnung geöffnet wird.

»Halloooo?«

Eine junge Frau mit langen dunklen Haaren, die ihr wirr ins Gesicht hängen, mustert ihn argwöhnisch. *Mist.* Er hatte vor, sich im Hof noch nach dem Buggy umzusehen.

»Haben Sie sich verfahren?«, fragt sie nun, ohne sich die Haare aus dem Gesicht zu streichen.

»Ja«, sagt er spontan und hegt die Hoffnung, dass sie ihn für weitere Recherchen ins Haus lässt. »Und mein Handyakku ist leer.« Demonstrativ zieht er sein Mobiltelefon aus der Jackentasche.

»Ob ich bei Ihnen mal telefonieren dürfte?«

Eine Weile sieht sie ihn bloß an, während er das Gefühl hat, dass ihr linkes Auge dabei nach außen wandert.

»Ich hab ein Telefon mit Kabel. Das funktioniert immer«, sagt sie schließlich und geht voraus. »Kommen Sie mit.«

»Danke.«

Im Haus ist es nur unwesentlich wärmer als im Freien, aber sie scheint sich nicht daran zu stören.

»Bitte«, sagt sie und deutet auf das Telefon, das im Flur steht.

Wen soll er jetzt anrufen. Neele? Und was soll er ihr sagen? Eigentlich wollte er bloß wegen des Babys hereinkommen. Doch es ist nirgendwo zu sehen. Und auch nicht zu hören. Egal, er muss trotzdem die Sprache darauf bringen.

»Sie haben ein Kind?«

»Ja.« Sofort schleicht sich ein Lächeln in ihr Gesicht.

»Das ist schön. Ich habe auch ein Baby. Mia. Sie wurde entführt.« Er sieht sie nun aufmerksam an.

Sie zerzaust sich mit beiden Händen die Haare, die

ohnehin schon wirr herabhängen, und ihr linkes Auge entfernt sich immer mehr vom rechten. Doch anstatt etwas zu erwidern, stellt sie sich neben das Telefon, das sich auf einer Kommode am Flur befindet, und deutet auf den Apparat.
»Bitte.«
Wie soll er sie dazu bringen, ihm ihr Baby zu zeigen? Nachdem ihm spontan nichts einfällt, beschließt er, auf Zeit zu spielen. Er ist schmutzig, das kann er nutzen.
»Darf ich mir vorher die Hände waschen?«
Sie sieht ihn mit diesen auseinanderlaufenden Augen sekundenlang einfach nur an, bevor sie mit einer Hand den Gang hinunter deutet.
»Die letzte Tür.«
Dieses Mädchen verursacht ihm eine Gänsehaut, gleichzeitig tut sie ihm leid. Niemand ist glücklich mit solchen Augen.
Im Badezimmer gibt es ein Waschbecken und eine alte Badewanne. Dazu jede Menge Artikel, die ein Baby braucht. Frische Windeln, Puder, Babyshampoo. Wie im Fieber öffnet er alle Kästchen, ohne irgendetwas zu entdecken, das ihm weiterhilft.
Mit frisch gewaschenen Händen tritt er wieder auf den Flur, der nun leer ist. Der Regen hat weiter zugelegt, die Tropfen prasseln nur so aufs Dach. Trotzdem bildet er sich ein, das Baby nun weinen zu hören.
Er schleicht so leise wie möglich zu der Tür, von der er denkt, dass sie ins Wohnzimmer führt. Ganz vorsichtig drückt er sie auf.
Das Herz zerspringt ihm fast vor Schreck in der Brust, als das Mädchen still und bewegungslos wie ein Geist vor ihm steht.
Er lacht aus Verlegenheit.
»Wollen Sie nun telefonieren?«, fragt sie mit ihrer naiv

klingenden Stimme.
»Ja natürlich. Ich dachte bloß, ich hätte Ihr Baby weinen gehört. Sind Sie denn ganz allein mit ihm?«
»Finden Sie das nicht gut?«
»Doch, doch. Natürlich. Ein Baby zu haben ist etwas Schönes. Das Schönste überhaupt.«
»Ja, nicht wahr?« Sie lächelt nun und er kann sehen, dass ihr trotz ihres jungen Alters Zähne fehlen. »Wollen Sie vielleicht einen Tee?«
»Sehr gern.«
Erleichtert nimmt er am Tisch Platz. Bei einem gemeinsamen Tee würde er rasch mit ihr ins Gespräch kommen.
»Haben Sie einen Jungen oder ein Mädchen?«
»Ein Mädchen«, antwortet sie mit verklärtem Blick und befüllt ein Tee-Ei mit Teeblättern, das sie anschließend in eine Tasse gibt und mit heißem Wasser übergießt. »Das allerliebste kleine Mädchen auf der ganzen Welt.«
»Wie heißt sie denn?«
»Ilvy.«
Sie serviert ihm den Tee und bleibt abwartend stehen.
Er weiß nicht, auf welches Auge er sehen soll. Das, das ihn ansieht oder das andere, das zur Seite flieht.
Aus dem Nebenzimmer ertönt wieder das Weinen.
»Holen Sie die Kleine doch mal her«, schlägt er vor, bemüht, so beiläufig wie möglich zu klingen.
Das Mädchen steht immer noch vor ihm und fixiert ihn mit ihrem rechten Auge.
»Sie muss jetzt schlafen, aber manchmal schläft sie schwer ein. Schmeckt der Tee?« Begierig wartet sie darauf, dass er kostet.
Er nimmt einen Schluck. Der Tee ist heiß und voller bitterer Kräuter, aber Kai war lange in der Kälte und ist deshalb nicht allzu wählerisch.

»Mhm . . . gut«, lobt er, um gute Stimmung zu machen. »Er bringt alles wieder in Ordnung«, sagt sie in einem eigenartigen Singsang.
Langsam aber sicher wird ihm die Sache unheimlich. Dieses Mädchen hat nicht alle Tassen im Schrank, so viel steht fest. Er kippt den Tee rasch hinunter. Nun muss er bloß noch einen schnellen Blick auf das Baby im Nebenzimmer werfen und dann verschwinden.
Als er aufsteht, merkt er, wie müde er bereits ist.
»Willst du jetzt telefonieren?«, fragt sie noch einmal, wieder in diesem kindlichen Singsang.
»Ja. Ich werde meine Freundin anrufen, sie macht sich bestimmt schon Sorgen.«
Mühevoll erhebt er sich und stapft mit Beinen schwer wie Blei auf das Telefon zu.
Er hebt den Hörer ab – *warum ist der so schwer?* – und konzentriert sich auf den Ziffernblock. *Wie ging noch mal Neeles Nummer?*
Verzweifelt starrt er auf die Tasten, die vor seinen Augen verschwimmen, als ihn plötzlich etwas mit voller Wucht am Kopf trifft und alles dunkel wird.

45

Nachdem ihre Kollegen zu neuerlichen Befragungen ins Hotel Nordmeer aufgebrochen sind, dreht Sophie Svenjas Computer ab, den sie versehentlich angelassen hat. Durch die geschlossene Tür hört sie ihren Chef in seinem Büro telefonieren und zieht sich ebenfalls in ihr eigenes kleines Reich zurück.

Wie findet man eine Person, die von heute auf morgen ein Baby hat? Am ehesten fällt das doch den Nachbarn auf. Außer, das Haus ist auf dem Land und ein wenig abgelegen. So wird es dann wohl sein, denn der Aufruf, Hinweise zu Baby Mia zu liefern, hätte sonst schon konkrete Anhaltspunkte gebracht.

Gesucht ist also eine Frau, die sich sehnlichst ein Kind wünscht und abgeschieden wohnt – oder ein Pärchen, auf das dies zutrifft. Hoffentlich können die Mitarbeiter der Adoptionsstelle diesbezüglich weiterhelfen.

Sophie greift zum Hörer, um die Leiterin des Jugendamtes um Unterstützung zu bitten.

Doch das Gespräch verläuft anders als erwartet. Frau Irmgard Balten ist auf einer Tagung in Bremen, und es kostet Sophie viel Geduld und Verhandlungsgeschick, um die Namen und Klappennummern jener Mitarbeiterinnen, die für adoptionswillige Paare zuständig sind, zu erhalten. Es sind nur drei. Daher beschließt Sophie, sie persönlich aufzusuchen.

Vor Ort, in dem einstöckigen Gebäude aus roten Ziegeln, stellt sich dann heraus, dass eine der Angestellten in Elternzeit ist und eine weitere im Langzeitkrankenstand.

Die einzige, die sie dort antrifft, ist Annette Groß, die ihr – entgegen der Erwartung, die ihr Name weckt – nur bis zur Schulter reicht.

Berechnenderweise hat Sophie auf dem Weg bei einer Bäckerei Halt gemacht und ein paar süße Teilchen mitgenommen. Nun freut sie sich, dass ihr Plan aufgeht und sie einen Kaffee dazu angeboten bekommt.

»Ich bin hier momentan das Mädchen für alles«, beschwert sich Annette, während ihr Blick über die Auswahl an Köstlichkeiten gleitet. »Eigentlich bin ich für die Kinderwuncheltern gar nicht zuständig.«

Sie entscheidet sich für ein Stück Pflaumenkuchen und beißt ungeniert hinein, während sie weiterspricht.

»Mein Job ist es, jene Familien zu unterstützen, die es allein nicht schaffen. Zum Beispiel, wenn der Vater in Haft muss oder wenn Eltern wegen Drogenproblemen einen Entzug machen wollen. Es gibt viele Eltern, die Hilfe benötigen. Die Mehrzahl meiner Fälle sind junge, noch unreife Mütter oder welche mit Einschränkungen. Wir haben zum Beispiel eine alleinerziehende Mutter, die im Rollstuhl sitzt, und eine, die blind ist.«

»Puhhh . . .«, macht Sophie und bläst über ihren heißen Kaffee. »Das ist sicher nicht leicht. Ich meine, ein Baby zu versorgen, wenn man blind ist.«

»Ja, da geht es oft um ganz triviale Dinge, wie den

Schnuller wiederzufinden, wenn ihn das Baby ausgespuckt hat, oder Windeln zu wechseln.«

»Wahrlich. Das ist schon mit gut funktionierenden Augen eine Herausforderung«, lacht Sophie, die vor Jahren einmal von ihrer Schwester genötigt wurde, ihre Nichte sauberzumachen.

»Was kann ich nun für Sie tun?«, fragt Annette mit vollem Mund. »Es geht um die Adoptionswerber, nicht wahr?«

»Nun, es ist derzeit bloß ein Ermittlungsansatz. Eine Theorie. Möglicherweise wurde die kleine Mia von einer Frau oder einem Pärchen mit sehr starkem, aber unerfülltem Kinderwunsch entführt. Und da ist es doch naheliegend, dass . . .« Sophie lässt den Satz absichtlich in der Luft hängen.

»Dass Sie sich unter denjenigen umschauen, die unbedingt ein Kind wollen«, vervollständigt Annette.

»Richtig.«

»Mhm. Wir wählen unsere zukünftigen Adoptiveltern sehr sorgfältig aus, ich kann mir nicht vorstellen . . .«

»Das glaube ich Ihnen, und die ausgewählten Paare werden ja früher oder später auch ein Baby bekommen, nicht wahr?«

»Ja, es gibt eine Reihungsliste.«

»Aber es gibt auch Bewerber, die Sie ablehnen, oder?«

»Schon. Wenn ein Paar zu alt ist, oder zu jung, oder Vorstrafen im Spiel sind. Auch, wenn die Wohnung zu klein ist oder beide kein regelmäßiges Einkommen haben. Eigentlich haben wir mehr Ablehnungen als Zusagen.«

»Führen Sie darüber auch eine Liste?«

»Natürlich.«

»Dürfte ich die mal sehen?«

»Äh . . .« Annette beginnt sich zu winden. »Da müsste ich einen Durchsuchungsbeschluss sehen oder zumindest

meine Vorgesetzte fragen...«
»Diejenige, die gerade auf einer Tagung in Bremen weilt?«, unterbricht Sophie.
»Ja. Leider.«
»Frau Groß, es geht um ein sehr junges Kind. Die kleine Mia ist elf Monate alt und musste vielleicht zusehen, wie jemand ihre Mama erstochen hat, um sich ihrer bemächtigen zu können. Und wir wissen nicht wer und zu welchem Zweck. Es könnte sein, dass Mia sehr leiden muss – da, wo sie jetzt ist.«
Am betroffenen Gesichtsausdruck von Annette Groß kann sie erkennen, dass ihre Worte die beabsichtigte Wirkung nicht verfehlt haben. Also legt sie noch eine Schippe nach.
»Wir beabsichtigen bloß, die betroffenen Familien und deren Nachbarn zu befragen, ob sie Mia oder den Kinderwagen gesehen haben.«
Annette schluckt hörbar, als sie vom Kaffeetisch aufsteht und sich an ihren PC setzt. Sie klickt eine Weile herum, dann erhebt sie sich wieder.
»Ich darf Ihnen diese Daten trotzdem nicht aushändigen, ich könnte meinen Job verlieren. Deshalb gehe ich jetzt auf Toilette und wenn ich wiederkomme, erwarte ich, dass Sie weg sind. Und kommen Sie bloß nicht auf die Idee, auf meinen Bildschirm zu gucken.«
Damit dreht sie sich um und verlässt umgehend das Zimmer.
Sophie ist kurz verdutzt, begibt sich dann aber rasch zu besagtem Monitor. Die offene Excel-Liste enthält eine Vielzahl von Namen und Adressen und scheint auf den ersten Blick die letzten drei Jahre zu betreffen.
Sie zückt ihr Handy und macht so viele Fotos wie nötig sind, um alle Namen und Adressen aufs Bild zu bekommen.

Anschließend schreibt sie ein *Danke* auf eine ihrer Visitenkarten und legt sie gut sichtbar auf dem Schreibtisch ab. Mit einem zufriedenen Lächeln spaziert sie aus dem Gebäude hinaus.

46

Er hört Lauras Lachen, das sich mit Mias heiterem Gebrabbel vermischt. Es ist schön, den beiden zuzusehen. Laura hat die Kleine hochgehoben und dreht sich mit ihr im Kreis. Mia strahlt und macht ihre niedlichen Quietschgeräusche, wie immer, wenn ihr etwas gefällt.

Doch Lauras Drehungen werden immer schneller und schneller, bis ihm vom Zusehen schwindelig wird. Auch Mias Gesicht verändert sich, es ist nun angstverzerrt, ihr Jauchzen ist einem Weinen gewichen. Erst jetzt wird ihm bewusst, dass er auf dem Rücken liegt. Er möchte aufstehen, Laura besänftigen und seine kleine Tochter in den Arm nehmen.

Als er blinzelt, wird ihm klar, dass er geträumt hat. Im selben Moment schießen die Kopfschmerzen ein. Heftig und pochend. Er schließt die Augen wieder und unterdrückt seinen Drang zu schreien.

Wo zum Teufel ist er?

Der Raum ist stockdunkel. Er liegt in einem Bett. Aber in welchem?

Das ist nicht Neeles Schlafzimmer. Ist er wieder im Hotel?

Obwohl der Traum sich verflüchtigt hat, ist das Weinen des Babys immer noch zu hören.

Nun mischt sich ein infantiler Singsang mit hinein. »*Hoppe hoppe Reiter, wenn er fällt, dann schreit er . . .*«

Er kennt diese Stimme. Bloß woher? Die Schmerzen in seinem Kopf lassen ihn keinen klaren Gedanken fassen.

»*. . . fällt er in den Graben, fressen ihn die Raben . . .*«

Er will sich hochstemmen, das Bett verlassen, doch es klappt nicht. Wenn er nicht so rasende Kopfschmerzen hätte, würde er vielleicht herausfinden warum. Stattdessen beginnt sich das Zimmer rund um ihn zu drehen, und ihm wird fürchterlich übel.

Er muss geschlafen haben, denn es fühlt sich an, als ob er aufwachen würde. Und auch, als ob er nicht mehr allein wäre. Jemand ist bei ihm.

Er öffnet die Augen. Sofort setzen die pochenden Kopfschmerzen wieder ein. Das Zimmer ist düster, aber er kann erkennen, dass eine junge Frau an seinem Bett sitzt. Eine sehr junge Frau, fast noch ein Mädchen.

Er versucht sich aufzusetzen.

»Schsch . . .«, macht sie und deutet ihm mit dem Zeigefinger ein *Nein*. »Wir bleiben heute ganz brav im Bett.«

Ihre Stimme klingt irgendwie kindlich. Und er ist sich sicher, sie schon mal gehört zu haben.

»Aber . . .«, beginnt er.

»Schsch . . . du musst brav deinen Tee trinken.«

»Ich will nicht. Mach mich hier los. Ich kann meine Arme nicht bewegen.«

»Schsch . . . du musst schön brav liegen bleiben. Dann wird alles wieder gut. Und du musst deinen Tee trinken. Er schmeckt wunderbar.«

»Wer bist du? Was willst du von mir?«
Sie schüttelt tadelnd ihren Kopf. Trotz des schlechten Lichts kann er erkennen, dass ihr die langen Haare wirr ins Gesicht hängen. Wo hat er dieses Mädchen schon mal gesehen? Und wo ist Neele? Sein Mund ist trocken und die Schmerzen in seinem Kopf treiben ihn in den Wahnsinn. Einzelne Erinnerungen schaffen es dennoch, sein Bewusstsein zu erreichen.
Laura ist tot.
Die Polizei war da und hat ihn befragt.
»Mia – wo ist Mia?« Wieder versucht er sich aufzusetzen. Erfolglos.
»Schsch . . . du sprichst wirr. Du musst dich ausruhen. Trink deinen Tee. Er wird dir guttun . . .«
Sie hält ihm die Tasse an die Lippen.
Vielleicht hat sie recht. Vorsichtig trinkt er Schluck um Schluck. Er ist so durstig, dass er sich an der Bitterkeit des Tees nicht stört.
Erschöpft sinkt sein Kopf in die Kissen zurück. Er schließt die Augen, um einen Moment zu entspannen, damit das Gehämmer an seinen Schläfen sich beruhigt.
Es klappt.
Die Schmerzen werden milder und plötzlich erinnert er sich an die Straße. An den Nebel und den Regen auf einem geschotterten Weg. Warum war er so lange draußen? Gerade als er glaubt, sich an den Grund zu erinnern, spürt er, wie eine bleierne Müdigkeit seinen Körper übermannt. Eine Müdigkeit, die bis in die Knochen dringt. Als ob der Schlaf sich wie eine dicke warme Decke auf ihn legt.

47

Sophie registriert erfreut, dass der Hauptkommissar ausnahmsweise von ihrem unorthodoxen Vorgehen angetan ist. Seine Laune hat sich deutlich gehoben, seit sie ihm sämtliche Namen und Adressen adoptionswilliger Paare und Einzelpersonen in ausgedruckter Form vorgelegt hat.

»Das hast du gut gemacht, Meerkatz. Mit der Abarbeitung dieser Liste fangen wir noch heute an. Wenns sein muss, organisiere ich dafür auch Verstärkung.«

In diesem Moment kehren Jasper und Svenja von ihren Befragungen im Hotel Nordmeer zurück.

»Wir haben gute Nachrichten«, beginnt Jasper.

»Gute Nachrichten, pah!«, unterbricht Svenja. »Wir haben mehr als das. Wir haben eine Spur. Eine Verdächtige!«

»Sie ist eine Frau«, ergänzt Jasper.

Thomsen zieht die Augenbrauen hoch, sagt aber nichts. Auch Sophie schluckt die Bemerkung hinunter, die ihr auf der Zunge liegt.

Svenja ist nicht so zurückhaltend.

»Das ist ja wohl logisch, wenn ich sage *eine*

Verdächtige!«

»Ja, stimmt«, gibt Jasper freimütig zu. »Einer Hotelangestellten, nämlich der Serviererin vom Terrassencafé, und einem der Gärtner ist sie aufgefallen. Weil sie beim Hotelspielplatz rumhing und Leute beobachtete. Hauptsächlich solche mit Babys.«

»Und die Kellnerin meinte, sie hätte einen seltsamen Blick gehabt, allerdings konnte sie nicht sagen, woran das lag«, ergänzt Svenja. »Auf jeden Fall wurde sie als sehr jung beschrieben, mit langem braunem Haar, das zu einem Zopf geflochten war.«

»Wie jung?«, hakt Thomsen nach.

»Der Gärtner schätzt sie auf siebzehn, die Kellnerin auf achtzehn. Sie trug einen langen Rock und eine warme Wolljacke darüber. Einzelheiten über Augenfarbe oder Schuhe haben wir nicht. Beiden ist aufgefallen, dass sie allein war und mit niemandem sprach.«

»Sehr gut.« Thomsen reibt sich die Hände. »Meerkatz, hast du auch Geburtsdaten auf deiner Liste?«

»Ja.«

»Dann streichen wir in einem ersten Schritt alle Paare von der Liste, bei denen die Frau über dreißig ist«, freut er sich.

»Was für 'ne Liste?«, will Svenja wissen.

»Lass mal sehen«, verlangt Jasper, nachdem Sophie die beiden auf den neuesten Stand der Ermittlungen gebracht hat.

»Fast alle Frauen liegen da drüber, nur sieben Paare bleiben über. Wenn wir uns aufteilen, schaffen wir die heute noch.«

»Heute noch?«, murrt Svenja. »Es ist schon bald sechs.«

»Da sind sie wenigstens zu Hause«, argumentiert Jasper weiter. »Stell dir vor, wir finden die kleine Mia, dann ersparen wir ihr eine weitere Nacht. Wo auch immer sie ist.«

Svenja gibt seufzend nach.

»Okay. Aber teil mir bitte diejenigen zu, die auf meinem Heimweg liegen.«

Sophie parkt ihren Pick-up vor ihrem Reetdach-Häuschen. Nachdem Thomsen sich großzügigerweise bereiterklärte, ebenfalls jene Personen zu übernehmen, die auf seinem Weg liegen, blieb für sie bloß noch eine Familie über.

Die Hansens waren entgegenkommend, umgänglich und kinderlos. Sie wohnten tatsächlich ein wenig abgelegen, aber die Nachbarn gaben an, noch nie ein Baby bei ihnen gesehen zu haben.

Auch Svenja und Jasper, mit denen sie auf der Heimfahrt telefonierte, hatten bei ihren Besuchen nichts Interessantes herausgefunden. Ihren Chef hat sie nicht erreicht, aber er würde sich wohl von sich aus melden, sollte ihm etwas verdächtig vorkommen.

Bevor sie ihre Haustür aufsperrt, sieht sie sich misstrauisch nach allen Seiten um. Doch es ist weder ein rücksichtsloser Paparazzi noch ein gut riechender Anwalt in Sicht. Zum Glück. Mehr als alles andere sehnt sie sich nach einem entspannten Abend, allein mit ihrer Katze.

Auch eine Enttäuschung, wenn sie gründlich und endgültig ist, bedeutet einen Schritt vorwärts

Max Plank

DIENSTAG

48

Die Frustration schlägt ihm bereits auf den Appetit. Rüdiger Thomsen hatte gestern Abend deswegen beinahe einen Streit mit seiner Freundin. Weil er ihre Ente verweigert hatte. Wo sie doch extra ein neues Rezept für die Honigsoße ausprobiert hatte.

Maike war erst wieder besänftigt, als er ihr von dem Zerwürfnis mit seinem Sohn erzählte, genau genommen weil er zugab, möglicherweise nicht alles richtig gemacht zu haben. Er nahm all seinen Mut zusammen und gestand ihr, dass er schon seit einer Weile große Sehnsucht danach hat, seine Enkeltochter kennenzulernen – seit diesem unseligen Fall mit der verschwundenen kleinen Mia ganz besonders. Das hat sie verstanden und auch, dass einem so was schon mal auf den Magen schlagen kann.

Nun muss er zwar befürchten, dass sie sich in diese Angelegenheit einmischt, aber vielleicht ist das gar nicht mal schlecht.

Als er frühmorgens den Großraum der Kripo betritt, sehen ihm drei miesepetrige Gesichter entgegen. Der Ermittlungsansatz der Meerkatz, so vielversprechend er geklungen hatte, hat leider nicht den erhofften

Durchbruch gebracht.
»Moin Leute. Irgendwer irgendeine Idee, wie ich dem Paulsen unseren nicht vorhandenen Erfolg verkaufen kann?«, fragt er zur Begrüßung. Denn der Kriminaldirektor wünscht heute Punkt zehn Uhr Vormittag vom Stand der Dinge unterrichtet zu werden.

Jasper steht auf und steuert auf die Toilette zu, Svenja begibt sich eilig in die Personalküche. Sophie erhebt sich ebenfalls.

»Schon gut, Meerkatz. Du musst nicht flüchten. Ich werde mir selbst was ausdenken.«

Als er in seinem Büro die Tür hinter sich schließt, hört er ein Telefon im Großraum läuten. Wahrscheinlich die Aasgeier von der Presse, die ein Update wollen. Soll die Meerkatz ruhig machen, er hat schon das Telefonat mit dem Paulsen an der Backe. Das ist Ärgernis genug für einen Tag.

Sophie greift nach dem Hörer.
»Oberkommissarin Meerkatz? Ah, Frau Husman . . . nein, leider nicht . . . nein, gar nichts . . . das dürfte ich Ihnen gar nicht sagen, aber sein Anwalt hat auch nichts von ihm gehört. Ja, ich verstehe, dass Sie sich Sorgen machen, aber wir verfügen über keinerlei Zaubersprüche, um den Aufenthaltsort von Menschen ausfindig machen zu können. Wenn dem so wäre, hätten wir die kleine Mia auch schon gefunden. Natürlich melde ich mich bei Ihnen, wenn ich etwas weiß . . . ja, ich habe Ihre Handynummer.«

Sophie bläst sich eine nervige Locke aus dem Gesicht und legt wieder auf.

»Sie tut mir leid«, meint Svenja, die mit einem Pott voll frischem Kaffee wieder zurückgekehrt ist.

»Wer denn?« Auch Jasper findet sich wieder im

Großraum ein.
»Neele Husman. Sie macht sich große Sorgen um Kai Friedrich.«
»Das ist aber auch seltsam, dass der nirgendwo mehr auftaucht. Ich ruf mal den Kollegen an, der sein Handy überwacht.« Diensteifrig tippt er die Nummer ein.
»Nichts«, sagt er enttäuscht, als er wieder auflegt.
Nun läutet Sophies Diensthandy. Nachdem das Display eine unbekannte Nummer zeigt, meldet sie sich förmlich.
»Oberkommissarin Meerkatz.«
»Moin Frau Kommissarin, hier spricht Annette Groß. Erinnern Sie sich an mich?«
»Aber natürlich, Frau Groß, ich war schließlich erst gestern Nachmittag bei Ihnen.«
»Ja, ich weiß. Sie haben mir Ihre Visitenkarte dagelassen.«
»Ja. Ist Ihnen noch etwas eingefallen?«, fragt Sophie hoffnungsvoll.
»Nein. Hat Ihnen unser Gespräch denn geholfen?«
»Oh ja, selbstverständlich. Auch, wenn uns der große Durchbruch noch fehlt.«
»Hm. Dürfte ich Sie trotzdem um einen Gefallen bitten?«
»Immer nur raus damit.«
»Also, ich war gestern noch bei einer meiner jungen Mütter, die ich betreue, Sie wissen schon.«
»Klar«, bestätigt Sophie, obwohl sie eigentlich keine Ahnung hat, worum es eigentlich geht.
»Ich besuche sie und ihre Familie schon seit ihrer Schwangerschaft . . . aber jetzt hat sie einen Freund. Der ist mir irgendwie unheimlich.«
»Sie wissen, Sie können jederzeit polizeiliche Unterstützung anfordern.«

»Ja. Aber mit uniformierten Beamten bei einer Familie auftauchen, die man eigentlich unterstützen möchte? Da gelingt es nie wieder, Vertrauen aufzubauen.«
»Verstehe. Wie kann ich Ihnen helfen?«
»Nun, wenn Sie vielleicht eine Kollegin wüssten, die Zeit hätte, mich zu begleiten?« Diese Bitte kommt sehr zaghaft.
»Ich mach das«, erwidert Sophie sofort. »Wo und wann brauchen Sie mich?«
Nachdem sie sich alles notiert hat, legt sie wieder auf. Sämtliche Augen im Raum starren sie neugierig an.
»Eine Hand wäscht die andere«, erklärt sie ihren Kollegen. »Es stört doch nicht, wenn ich zwei Stunden weg bin, oder? Ruft mich an, wenn sich bei unserem Fall was tut.«

49

Nachdem das Navigationssystem sie hingeführt hat, parkt Sophie ihren leuchtend gelben Pick-up hinter dem Opel Corsa von Frau Groß auf einem Grünstreifen neben der Straße.
»Moin Frau Kommissarin«, sagt Annette Groß erleichtert. »Hier und jetzt im Sonnenschein komm ich mir ein wenig dämlich vor. Ich bin ja sonst kein Hasenfuß, aber dieser Kerl gestern, der hat mir nicht gefallen.«
»Was hat er denn gesagt?«
»Gesagt hat er nichts. Er hat geschlafen. Aber er roch nicht gut, und er hatte verklebtes Blut in den Haaren, wie von einer Kneipenschlägerei.«
»Ja, das lässt nichts Gutes erwarten«, meint Sophie verständnisvoll.
»Wissen Sie, die junge Mutter tut mir leid. Sie ist ein liebes Ding. Hat selbst viel mitgemacht als Kind und ist auch ein wenig zurückgeblieben. Bis heute hat sie nicht angegeben, wer der Papa ihres Kindes ist, kriegt also auch überhaupt keine finanzielle Unterstützung. Die Einzige, die ihr hilft, ist ihre Mutter. Die ist verlässlich und auch sehr tüchtig. Das ist auch der Grund, warum ich es

verantworten kann, das Baby in der Familie zu belassen. Bisher haben die beiden alles relativ gut gemeistert. Natürlich komme ich regelmäßig jede Woche vorbei, um sicherzugehen, dass es der Kleinen an nichts fehlt. Das Traurige ist, dass ich irgendwie selbst schuld bin an der neuen Situation. Ständig habe ich Anniek in den Ohren gelegen, sie soll sich doch einen Mann suchen, weil mit einem Partner das Leben leichter zu meistern ist, nicht wahr?«

»Das dürfen Sie mich nicht fragen«, erklärt Sophie und zieht bedauernd die Mundwinkel nach unten. »Ich bin nämlich Single.«

»Oh, Entschuldigung, ich wollte Ihnen nicht zu nahe treten.« Annettes Wangen färben sich rot. »Jedenfalls ermunterte ich die junge Mutter immer wieder, sich unter die Leute zu mischen. Sie ist erst neunzehn, da soll sie nicht bloß Tag für Tag nur zu Hause rumhocken. Noch dazu, wo ihre Mutter diejenige ist, die Kind und Haushalt im Griff hat.«

»Und was sagt die Mutter zu dem neuen Freund?«, will Sophie nun wissen.

»Tja, das ist es ja gerade. Bis jetzt war sie jedes Mal zu Hause. Aber gestern habe ich sie nicht angetroffen. War angeblich einkaufen. Stattdessen wurde mir dieser ungepflegte Kerl präsentiert. Wie ich den gesehen habe, ist mir richtig mulmig geworden. Da hat es auch nichts genutzt, dass sie mir sein tolles Auto in der Garage gezeigt hat. Aber vielleicht irre ich mich und der junge Mann begrüßt uns heute frisch geduscht und freundlich.« Annette setzt ein bemühtes Lächeln auf.

»Und falls nicht, haben Sie mich an Ihrer Seite«, versichert Sophie.

»Ja, danke.« Annette nickt erleichtert und klopft an die Tür.

Die junge Frau, die öffnet, sieht fast selbst noch wie ein Kind aus. Allerdings wie ein Kind, das gerade erst aufgestanden ist und seine verstrubbelten Haare noch nicht frisiert hat, denkt Sophie.

»Moin Frau Groß«, zwitschert sie und ihre Stimme klingt irgendwie kindlich. Auch der hellgelbe Pullover, den sie trägt und der bereits einige Flecken aufweist, sieht aus, als wäre er aus der Kinderabteilung.

»Moin Anniek. Ich hab heute eine Kollegin dabei, die dich auch kennenlernen möchte.«

»Warum denn?«

Sophie kann den plötzlich feindseligen Blick des Mädchens wie Nadelstiche auf der Haut spüren. Täuscht sie sich oder laufen die Augen ein wenig auseinander?

»Damit sie dich unterstützen kann, wenn ich mal krank bin«, erklärt Annette freundlich weiter.

»Weiß sie denn überhaupt, was man machen muss mit einem Baby?«

»Aber sicher. Dürfen wir reinkommen?«

Anniek verzieht unwillig das Gesicht, gibt dann aber die Tür frei.

Als sie das Haus betreten, nimmt Sophie den Geruch wahr. Nach Schweiß, Urin und Medikamenten.

»Wo ist denn unser Mäuschen?«, fragt Annette.

»Psst...«, macht Anniek und öffnet leise eine Tür. In dem kleinen Raum steht ein Gitterbettchen. »Ilvy ist gerade eingeschlafen.«

Annette überzeugt sich, dass die Kleine warme rote Bäckchen hat und ruhig atmet, dann darf Anniek die Tür wieder schließen.

Sophie beobachtet die kleine Szene vom Flur aus. Irgendetwas kommt ihr seltsam vor, auch wenn sie nicht sagen könnte, was genau es ist.

Ob es an den Augen liegt?

»Ist dein neuer Freund noch da?«, fragt Annette weiter.
»Klar.« Anniek lächelt. Es wirkt ein wenig debil.
»Ich würde gerne mit ihm sprechen.«
»Er schläft.«
»Schon wieder?«
»Ist doch nicht seine Schuld, dass er Schichtdienst hat. Da muss er schlafen, wenn er Zeit hat«, verteidigt Anniek ihre Eroberung.
»Klar. Was meinst du, können wir ihn wecken?«
»Das mag er nicht.«
»Das ist aber wichtig«, beharrt Annette.
»Warum denn? Sie wollten, dass ich einen Freund habe, jetzt habe ich einen. Sogar einen, der ein tolles Auto fährt. Warum sind Sie nicht zufrieden?« Annieks Gesichtsausdruck ist nun eindeutig trotzig.
»Wo ist deine Mutter?«, wechselt Annette das Thema.
»Einkaufen.«
»Das war sie doch gestern schon. Hast du ihr nicht ausgerichtet, dass ich mit ihr sprechen möchte?«
»Doch . . .« Annieks Augen, die verschiedene Richtungen anpeilen, beginnen nun auch noch nervös zu flattern.
»Ich muss mal auf Toilette«, sagt Sophie und lächelt lieb.
»Muss das sein?«
Das Mädchen steht nun sichtbar unter Druck. Mit einer Hand reißt sie sich selbst an den Haaren, die andere krallt sich an ihrem Pullover fest.
»Ja. Ich hab eine schwache Blase.« Sophie verdeutlicht ihr Problem, indem sie beide Hände an den Unterleib presst.
Anniek steht starr wie ein Stein, offenbar unfähig, zu einem Entschluss zu kommen, was ihre Augen tragischerweise widerspiegeln. Auch sie können sich nicht

auf eine Richtung einigen, sondern laufen in verschiedene Richtungen auseinander.

»Anniek?« Annette streicht ihr sanft über die Hand. Das Mädchen entzieht sich ihr und beginnt eine Haarsträhne zu drehen. Sie hört nicht auf, bis die Strähne sich wie eine Schlange um ihren Kopf kringelt.

»Bitte, Anniek«, versucht es Sophie noch einmal mit Freundlichkeit.

»Na gut. Dort.« Das Mädchen zeigt auf eine Tür am Ende des Flurs.

Sophie geht auf besagte Tür zu und hört hinter ihrem Rücken, wie die Sozialarbeiterin versucht, Anniek in ein Gespräch über Ilvy zu verwickeln.

Die Toilette ist eng und fensterlos. Nicht die sauberste, aber auch nicht völlig verdreckt. Sophie sieht in jeden Winkel, findet jedoch nichts Ungewöhnliches.

So leise wie möglich öffnet sie die Tür wieder und lugt durch den Spalt. Der Flur ist jetzt leer. Offenbar ist es Annette gelungen, das seltsame Mädchen in die Küche zu locken. Sophie kann hören, wie jemand mit Geschirr klappert.

Lautlos schleicht sie den Gang entlang und öffnet die nächstliegende Tür, die allerdings bloß in eine Besenkammer führt. Vorsichtig zieht sie sie wieder zu. Mit der nächsten Tür hat sie mehr Glück. Sie führt ins Schlafzimmer und damit zur Quelle des schlechten Geruchs. Ein Gemisch aus verbrauchter Luft und menschlichen Ausscheidungen. Die schweren Vorhänge vor den Fenstern lassen kaum Licht herein.

Sie fummelt eine Weile neben dem Türstock herum, bis sie den Lichtschalter findet. Das Deckenlicht ist schwach, aber es erhellt den Raum zumindest so, dass sie einen Mann erkennen kann, der in einem Bett liegt. Er schläft tatsächlich. Sie beugt sich über ihn. Er stinkt nach Schweiß und Urin, und er sieht gar nicht gut aus. Seine Haare sind tatsächlich blutverschmiert, genau so, wie es Annette erzählt hat. Auf dem Kopfkissen hat sich ein dunkler Fleck gebildet, und seine Atmung ist flach. Sie würde ihn gern genauer inspizieren. Wenn bloß das Licht besser wäre!

Sophie huscht leise zum Fenster und zieht die schweren Vorhänge zurück, bis das Sonnenlicht den Raum füllt. Ihr Blick fällt durch das staubige Glas auf die offene Garage, die mehr einem Schuppen gleicht. Auffällig ist das teure Auto, das darin parkt. Ein schwarzer Audi quattro mit Hamburger Kennzeichen. Das passt gar nicht zu dem ungepflegten Kerl, der aussieht wie ein alkoholsüchtiger Radaubruder.

Schlagartig wird ihr heiß. Hektisch stürzt sie zu dem Mann im Bett zurück. Sie packt ihn an den Oberarmen und schüttelt ihn. Doch er reagiert nicht. Offenbar schläft er nicht, sondern ist bewusstlos. Und die Kopfwunde sieht nun im Tageslicht richtig böse aus.

Sie schlägt die Decke, mit der er zudeckt ist, zurück. Seine Arme und Beine sind mit kräftigen Zurrgurten ans Bett gefesselt.

Verdammt! Dieses infantile Mädchen ist die reinste Psychopathin.

Sophie zieht ihr Diensthandy aus der Jackentasche und tippt Svenjas Namen ein. Die wenigen Sekunden, die es dauert, bis eine Verbindung hergestellt wird, kommen ihr wie eine Ewigkeit vor. Glücklicherweise hebt ihre Kollegin sofort ab.

»Ich brauche hier einen Notarzt und so viel Polizeiunterstützung, wie du kriegen kannst. Der Zettel mit der Adresse liegt auf meinem Schreibtisch.«

Sie legt auf und schlüpft leise aus dem Zimmer. Dieser Wahnsinnigen Handschellen anzulegen ist nun die

vordringlichste Aufgabe.
Doch die Küche ist leer.
Aus dem Raum nebenan kommen unartikulierte Laute. Sophie blickt vorsichtig hinein und erkennt ein bescheiden eingerichtetes Wohnzimmer. Zwischen einem durchgewetzten Sofa und einem Holzstuhl mit kaputter Lehne steht Annette Groß buchstäblich mit dem Rücken zur Wand, während die junge Mutter sie mit einem Messer in Schach hält.

»Anniek!«, ruft Sophie.

Das Mädchen fährt herum, doch Annette kann das Überraschungsmoment nicht für sich nutzen. Starr vor Schreck bleibt sie in ihrer Ecke stehen und bewegt sich nicht.

Anniek kommt nun mit dem Messer auf Sophie zu.

»Geh weg«, verlangt sie und in ihren auseinanderdriftenden Augen glitzert ein Fieber. »Geh weg von mir und Ilvy!«

»Das kann ich nicht. Ich werde nicht weggehen.«

»Doch du wirst.« Anniek hebt die Hand mit dem Messer.

»Denkst du, beim zweiten Mal geht es leichter?«, fragt Sophie, den Blick konzentriert auf die funkelnde Klinge gerichtet.

Als Antwort gibt Anniek einen hohen, spitzen Schrei von sich und stößt das Messer mit voller Kraft in Sophies Richtung.

Die springt zur Seite und schnappt sich den Arm ihrer Angreiferin. Mit einem harten Griff und einer schnellen Bewegung verdreht sie ihn so heftig, dass das Messer zu Boden fällt.

Während Anniek überrascht aufschreit, kickt sie es mit dem Fuß weg und angelt nach dem zweiten Arm des Mädchens, um ihr die Hände hinter dem Rücken mit

Handschellen zu fixieren.

Anniek brüllt nun wie ein verletztes Tier und wehrt sich nach Kräften. Es kostet Sophie einiges an Kraft, die Tobende zu fesseln und in die Besenkammer zu bugsieren. Nachdem diese von außen nicht abschließbar ist, schiebt sie kurzerhand die Kommode, die im Flur steht, vor die Tür.

Erleichtert schnauft sie einen Moment lang durch. Ein Weinen kommt aus dem Kinderzimmer und sie beeilt sich zu dem Bettchen hin.

Das Baby windet sich verzweifelt, sein Gewimmer klingt herzzerreißend und die roten Bäckchen glühen richtig. Sophie nimmt die Kleine vorsichtig aus ihrem Bettchen und flüstert beruhigend auf sie ein.

»Ist ja gut, meine Süße, ist ja gut. Komm, wir gehen zu Tante Annette.«

Doch die Sozialarbeiterin sitzt verstört am Boden. Tränen rinnen über ihr Gesicht.

»Meine Knie sind aus Gummi«, jammert sie. »Ich versteh das alles nicht. Warum wollte sie mich töten? Ich wollte ihr doch nur helfen.«

Sophie, die mit dem weinenden Baby vor ihr steht, hält sich nicht länger mit Freundlichkeiten auf.

»Frau Groß, Sie setzen sich jetzt auf die Couch und nehmen das Kind. Ich muss mich um den Mann im Schlafzimmer kümmern.«

Annette zuckt unter den harschen Worten zusammen und rappelt sich mühsam hoch. Ein wenig wackelig stakst sie zum Sofa hinüber und lässt sich in die Kissen sinken.

»Was ist mit diesem Mann? Ist er gefährlich?«

»Nein. Er ist schwer verletzt.« Sophie legt ihr das quengelige Kleinkind in den Arm.

Zurück im Schlafzimmer gelingt es ihr nicht, Kai

Friedrich munter zu bekommen, aber immerhin atmet er noch, als das Notarztteam ins Haus stürmt.
Weil sie ab diesem Moment den Helfern bloß im Weg steht, kehrt sie zu Annette Groß ins Wohnzimmer zurück.
Die Sozialarbeiterin hat sich offenbar mit dem Eintreffen der Rettungsmannschaft ein wenig erholt, denn sie ist gerade dabei, dem Baby das Jäckchen auszuziehen.
»Der kleinen Maus ist viel zu warm, deshalb quengelt sie so.«
Ein Polizeiauto bremst sich vor dem Haus ein. Sophie läuft den Kollegen entgegen und bittet sie, per Funk durchzugeben, dass keine weiteren Einheiten gebraucht werden. Anschließend führt sie die Beamten zur Besenkammer, aus der unartikuliertes Schreien und Weinen dringt.
»Vorsichtig öffnen. Die Frau da drinnen ist verhaftet. Setzt sie in einem Vernehmungsraum fest. Sorgt dafür, dass sie bewacht wird und lasst die Handschellen an.«

Nachdem Sophie zugesehen hat, wie ihre Kollegen das völlig hysterische Mädchen in den Streifenwagen verfrachtet haben, lehnt sie sich einen Moment an die kühle Hausmauer und schließt die Augen. Dann zieht sie ihr Diensthandy aus der Jackentasche und sieht auf die Uhr des Displays.
Es ist zwei Minuten vor zehn, als sie ihren Chef anruft.
»Meerkatz! Was zum Teufel ist los?«
»Ich hab gute Neuigkeiten für dein Telefonat mit dem Paulsen. Du kannst ihm sagen, der Fall ist gelöst.«

Der Arzt und die Sanitäter bereiten gerade den

Transport des Verletzten vor, als sie wieder ins Haus tritt.
»Wie geht es ihm?«
»Er hat eine schwere Kopfverletzung, aber er ist stabil«, erklärt der Arzt, während er seinen Notfallkoffer schließt. »Allerdings habe ich den Eindruck, dass er unter Drogen gesetzt wurde. Es kann also noch eine Weile dauern, bis er zu sich kommt.«
»Wird er durchkommen?«
»Ich hoffe.«
Nachdem das Rettungsteam das Haus mit Kai Friedrich verlassen hat, gesellt sich Sophie zu Annette, die bereits wieder ein wenig Farbe im Gesicht hat und das Baby auf ihrem Schoß mit Karottenmus aus einem Gläschen füttert.
»Die kleine Ilvy hat einen gesunden Appetit. Und auch ihre Verdauung funktioniert ausgezeichnet«, berichtet sie und hält sich demonstrativ die Nase zu. »Da braucht jemand dringend frische Windeln.«
Sophie setzt sich zu den beiden auf die Couch.
»Frau Groß, sehen Sie sich das Baby bitte ganz genau an. Können Sie schwören, dass es Ilvy ist?«
»Wie bitte? Wer soll es denn sonst sein?«
»Sehen Sie sich die Kleine bitte ganz genau an. Jedes einzelne Detail – und erinnern Sie sich an Ilvy.«
»Sie machen mir Angst.« Annette blickt Sophie entgeistert an. »Oh mein Gott, Sie haben recht! Gucken Sie mal, jetzt hab ich eine Gänsehaut. Ilvy hat ein Muttermal hinter dem linken Ohr, und das ist nicht mehr da. Auch ihre Haare waren schon deutlich länger. Ich dachte, Anniek hätte sie abgeschnitten. Und ja, ganz allgemein ist Ilvy ein wenig zarter. Ich hab mich schon gewundert, dass sie in einer Woche so viel zugenommen hat...«
Sophie sieht ihre Ahnung bestätigt. Nun spürt auch

sie, wie sich auf ihren Armen eine Gänsehaut bildet. Sie sucht auf ihrem Handy nach Fotos von Mia, die ihr Emma Buskohl überlassen hat, und vergleicht sie so gründlich wie möglich mit dem Baby auf Annettes Schoß. Der Babyflaum am Kopf, die dunkelblauen Augen mit den gebogenen Wimpern, das kleine Stupsnäschen. Alles passt.

Der Vater hat sein Baby also gefunden. Da haben sie ihn wohl alle unterschätzt.

Svenja platzt herein, als Annette stolz das frisch gewickelte Kind in die Höhe hält.

»Oh Mann, was ist denn hier los?«

Sophie lächelt triumphierend und nickt in Richtung des Babys.

»Darf ich vorstellen, das ist Mia Friedrich.«

50

Als Thomsen mit Jasper auf dem abgelegenen Hof eintrifft, das Haus zu einem Tatort erklärt und die Spurensicherung anfordert, spürt Sophie die Erleichterung bis in die Knochen. Svenja bietet an, sie, Annette Groß und das Baby zum Durchchecken ins Krankenhaus zu fahren.
»Meinst du, das ist nötig?«
Svenja deutet auf einen kleinen Blutfleck, der unter Sophies Brust durch die weiße Bluse gesickert ist.
»Sieht aus, als wärst du angestochen worden.«
»Quatsch«, widerspricht Sophie, zieht aber trotzdem die Bluse ein Stück hoch. Tatsächlich findet sich ein kleiner Ritzer.
»Den hab ich gar nicht bemerkt.«
»Siehst du? Und das Baby gehört auch untersucht. Wer weiß, was sie ihm gegeben hat.«
Annette ist ebenfalls dafür und packt eine Tasche mit Nahrung und Windeln für die Kleine zusammen.
Auf dem Weg hinaus werden sie von einem uniformierten Kollegen über die neueste Entwicklung informiert. In der Garage, hinter dem schwarzen Audi und unter Planen versteckt, wurde ein grauer

Kinderwagen der Marke Boom gefunden.

Vom Dienstwagen aus ruft Sophie Neele Husman an, deren Stimme äußerst besorgt klingt.

»Moin Frau Kommissarin, haben Sie Nachrichten?«

»Ja. Kommen Sie zum Krankenhaus. Wir haben Kai gefunden.«

Sie bricht sofort in Tränen aus.

»Geht es ihm gut?«

»Er lebt. Allerdings ist er noch nicht bei Bewusstsein.«

»Oh mein Gott, ich fahre sofort los.«

* * *

Sophies Wunde ist schnell versorgt, und auch mit Baby Mia ist der Arzt zufrieden.

»Sie wurde gut ernährt, ihre Elektrolytwerte sind in Ordnung.«

»Warum ist sie dann so unruhig?«, fragt Sophie, die zusieht, wie Annette sich vergeblich bemüht, das quengelnde Kind zu beruhigen.

»Nun, nach allem, was Sie mir erzählt haben, mangelt es ihr an Stabilität«, erklärt der Arzt geduldig. »Die ist für Babys sehr wichtig. Vor einer Woche hat man sie aus ihrem vertrauten Leben gerissen, und nun – nach Tagen der neuen Normalität – schon wieder. Sie braucht dringend eine fixe Bezugsperson, um eine sichere Bindung aufbauen zu können.«

»Ich werde mich sofort darum kümmern«, verspricht Annette.

»Ich denke, sie hat eine Familie«, entgegnet Sophie. »Ihr Papa liebt sie ganz offensichtlich, sonst hätte er sie nicht gesucht. Können wir sie zu ihm ins Zimmer bringen? Ich glaube, das würde beiden guttun.«
»Das müssen Sie seinen behandelnden Arzt fragen, von meiner Seite spricht nichts dagegen.«

* * *

Vor Kai Friedrichs Zimmer geht Neele Husman nervös auf und ab. Als sie Sophie erblickt, fällt sie ihr weinend um den Hals.
»Sie waren die, die ihn gefunden, nicht wahr?«
Sophie nickt.
»Ich bin Ihnen so dankbar. Die Ärzte untersuchen ihn gerade. Sie lassen mich noch nicht zu ihm.«
»Das wird schon . . .« Sophie streicht ihr beruhigend über den Arm.
Plötzlich bemerkt Neele Svenja, die das Baby auf dem Arm trägt, um Annette Groß zu entlasten.
»Oh mein Gott, das ist Mia!«
Ihre Augen beginnen zu leuchten.
»Ja, wir vermuten das. Der Arzt hat einen DNA-Abstrich genommen, um sicherzugehen.«
»Ich kenne sie von Fotos und ich erkenne ihre Augen, das sind Kais Augen. Ich kann gar nicht glauben, wie ähnlich sie ihm sieht! Darf ich sie mal halten?«
Sie streckt ihre Hände aus, und nach einem kurzen Blickwechsel mit Sophie übergibt Svenja ihr das Baby.
»Hallo meine Kleine, bist du aber ein hübsches

Mädchen! Wie schön, dass es dir gutgeht! Da wird dein Papa aber schauen! Ganz bestimmt wird er schnell wieder gesund.«

Drei Ärzte kommen aus dem Zimmer und sind überrascht, so viele wartende Personen anzutreffen. Sophie zeigt ihren Dienstausweis.

»Sagen Sie uns, wie es ihm geht.«

»Den Umständen entsprechend gut«, berichtet einer der Ärzte, während die anderen beiden weitereilen. »Er hat einen heftigen Schlag auf den Kopf bekommen, allerdings ist bloß die Kopfhaut aufgeplatzt, eine Fraktur des Knochens liegt nicht vor. Eine Gehirnerschütterung ist dennoch sehr wahrscheinlich und zudem wurde er unter Drogen gesetzt. Wir können noch nicht genau sagen, was es war, aber vermutlich etwas aus dem weiten Spektrum der K.-o.- Tropfen.«

»Führt das zu nachhaltigen Schäden?«, fragt Neele besorgt.

»Normalerweise nicht. Soweit es die Gehirnerschütterung betrifft, war es gar nicht mal schlecht, so hatte sein Kopf wenigstens Ruhe.«

»So kann man es auch sehen«, erwidert Sophie ein wenig perplex.

»Wann wird er aufwachen?«, will Neele nun wissen.

»Er ist bereits bei Bewusstsein.«

»Ja? Kann ich zu ihm?«

»Nur die engste Familie.«

»Das bin ich. Und seine Tochter.« Sie streichelt Mia liebevoll über den Kopf.

»Ich komme dann morgen wieder für eine erste Befragung«, stimmt Sophie zu.

Neele schlüpft nach dem huldvollen Nicken des Arztes mit dem Baby auf dem Arm ins Krankenzimmer. Als Annette hinterher will, hält Sophie sie zurück.

»Lassen Sie die beiden allein. Sie müssen sich jetzt als Familie neu finden.«
»Aber ich bin für das Baby verantwortlich.«
»Ich denke, um Mia Friedrich müssen wir uns keine Sorgen mehr machen, ihr Vater ist bei Bewusstsein und er wird die richtigen Entscheidungen treffen.« Sophie nimmt Annette am Arm und führt sie den Krankenhausflur hinunter. »Das Baby, für das Sie verantwortlich sind, heißt Ilvy.«
»Oh mein Gott.« Annette wird augenblicklich blass. »Sie haben recht. Aber – wo ist die kleine Ilvy?«

*Liebe ist in dem, der liebt,
nicht in dem der geliebt wird*
                               Platon

DREI WOCHEN SPÄTER

51

»Ich erkläre den Fall jetzt für beendet. Also für uns. Ich meine, in dem Sinne, dass wir unsere Ermittlungstätigkeiten einstellen. Sollten wir noch weitere Berichte erhalten, fügen wir sie kommentarlos hinzu. Die Staatsanwaltschaft hat alles, was sie braucht, und ich persönlich bin es leid, mir täglich neue Geschichten anzuhören«, erklärt Hauptkommissar Thomsen und lässt den fetten Aktenstapel auf den Schreibtisch seines Mitarbeiters fallen.

»Alles klar, Chef.« Jasper steht auf, nimmt den Packen Papier und legt ihn in dem großen Wandschrank ab.

Seit ihrer Verhaftung vor drei Wochen hat Anniek Boolken bei jeder Einvernahme etwas anderes erzählt. Sie hätte ihre Ilvy tot in ihrem Bettchen aufgefunden, das kleine Mädchen wäre entführt worden, gestohlen, ermordet oder von Engeln in den Himmel gebracht.

Die Fakten sprechen eine andere Sprache. Die Spurensicherung, die Thomsen angefordert hatte, fand noch am selben Tag zwei Gräber mit den Überresten kürzlich Verstorbener im hinteren Teil von Annieks Garten, versteckt hinter Büschen. Bei den Leichen, die darin zum Vorschein kamen, handelt es sich um eine Frau um die fünfzig und ein Baby, ungefähr zehn Monate alt.

Die beiden wurden als Olga und Ilvy Boolken identifiziert, Mutter und Tochter der Verdächtigen. Die Mutter wies ähnliche Stichverletzungen wie Laura Friedrich auf, an deren Folgen sie auch verstarb. Das Baby hatte nur eine Verletzung. Einen Schädelbasisbruch. Laut Gerichtsmediziner ist dies eine Verletzung, wie sie häufig vorkommt, wenn Säuglinge vom Wickeltisch fallen.

Nachdem Anniek Boolken im Laufe ihrer vielen Vernehmungen zwar unterschiedliche Erklärungen für Ilvys Verschwinden abgegeben hat, ein Unfall beim Wickeln aber von ihr nicht bestätigt wurde, bleiben zur Wahrheitsfindung bloß die objektiven Fakten.

Demnach fiel die kleine Ilvy aus ungefähr einem Meter Höhe mit dem Kopf auf einen harten Untergrund, höchstwahrscheinlich auf den gefliesten Bereich im Badezimmer – wo auch die Wickelkommode steht – da dort Spuren von Ilvys Blut gefunden wurden.

Alles andere ist reine Spekulation. Obwohl sie Anniek mit möglichen Varianten des Geschehens konfrontiert hatten, sind sie mit keiner einzigen Version zu ihr durchgedrungen. Ob Anniek selbst oder ihre Mutter Olga für Ilvys tödliche Verletzung verantwortlich war, kann daher nicht geklärt werden. Fest steht, dass nach dem Tod des Babys die Familiensituation eskalierte. Anniek attackierte ihre Mutter mit einem Küchenmesser, entweder, weil diese Ilvys Tod verursacht hatte, oder weil sie ihn melden wollte. Oder weil beides zutraf.

Annette Groß gab bei ihrer Befragung an, dass sie Anniek Boolken bereits seit ihrer Schwangerschaft betreut hat, und dass das Mädchen, das mit neunzehn immer noch so kindlich wirkt, an kognitiven Einschränkungen leidet. Ihr IQ liegt mit achtzig deutlich unter dem Durchschnitt, aber eben auch über der Debilitätsgrenze. Was ihre Intelligenz betrifft, wäre Anniek kein Einzelfall gewesen, das Jugendamt würde mehrere Frauen mit Defiziten betreuen. Nicht jede Mutter habe einen Schulabschluss, aber mit familiärer Unterstützung würden es die meisten schaffen, ein Kind zu versorgen. Anniek erhielt sehr viel Hilfe von ihrer Mutter, die einkaufte, kochte und sich ganz allgemein um Haus und Kind kümmerte. Zusammengefasst schien die kleine Familie, bestehend aus Großmutter, Mutter und Kind, zu funktionieren und Baby Ilvy entwickelte sich gut. Eine derart desaströse Situation, wie sie nun eingetreten ist, hätte Annette Groß nie befürchtet, ja nicht einmal annähernd für möglich gehalten.

Der Psychiater, Prof. Dr. Karl-Heinz Schmidt, in dessen Behandlung sich Anniek Boolken nun befindet, geht davon aus, dass der Sturz und der nachfolgende Tod des Kindes bei seiner Patientin einen enormen psychotischen Schub ausgelöst hat. Dieses hochexplosive Chaos in ihrem Kopf führte zu einer beinahe vollständigen Realitätsverweigerung und damit verbunden dem Aufbau einer fiktiven Parallelwelt. Er beschrieb in seinem umfassenden Gutachten, dass die Kontrolltermine des Jugendamts für Anniek seit jeher das Maß aller Dinge waren. Alles musste perfekt sein, an jedem einzelnen dieser Tage. Denn die Angst, ihr Baby zu verlieren, war übermächtig. So mächtig, dass, als dieser Verlust plötzlich und unvorhergesehen eintrat, Anniek nicht im Geringsten damit umgehen konnte. Prof. Schmidt vermutet, dass ihre Mutter Olga das erste Opfer von Annieks akuter Psychose wurde und Laura Friedrich das zweite. Anniek wollte – *musste* – Mutter sein um jeden Preis, die Realität hatte gar keine Chance mehr.

Vor dem nächsten Kontrolltermin des Jugendamts musste ihr Leben wieder perfekt sein. Das war alles, was zählte. Es war identitätsbestimmend für Anniek, Mutter zu sein – ein Baby zu haben. Dieses Selbstbild, das in seiner extremen Ausprägung einem Drang gleichkam, konnte nur durch den Diebstahl eines *gleichartigen* Babys erreicht werden. In diesem Fall, einem Mädchen im gleichen Alter. Und es musste rasch passieren, auf jeden Fall, bevor Frau Groß vom Jugendamt das nächste Mal Nachschau hielt. Nachdem Anniek diesen Kraftakt vollbracht hatte, blieb jedoch die Angst, Frau Groß würde ihr nicht erlauben, *ihre Ilvy* zu behalten, nachdem ihre Mutter *verschwunden* war.

So kam Kai Friedrich ins Spiel. Als er plötzlich bei ihr auftauchte, stellte er eine enorme Bedrohung für sie dar. Er konnte ihr fragiles Lügengebäude wie ein Kartenhaus zum Einsturz bringen. Prof. Schmidt bezeichnete es als eine für ihren IQ außergewöhnliche Leistung, dass sie es schaffte, die Gefahr, die von ihm ausging, zu bannen und gleichzeitig die Situation zu nutzen, um den Wünschen von Frau Groß zu entsprechen. Hätte sie ihn nicht als *Freund* gebraucht, hätte sie ihn vermutlich nicht am Leben gelassen, sondern ein weiteres Grab in ihrem Garten angelegt.

Prof. Schmidt schrieb des Weiteren in seinem Bericht, dass seine Patientin sehr großem Stress ausgesetzt war, denn ein Teil von ihr musste die Realität gewaltsam hinbiegen, während ein anderer Teil ihrer Persönlichkeit genau das ausblenden und an die Verherrlichung des Scheins glauben musste. Jener Teil von ihr, der die Realität gewaltsam hinbog, war im Dauereinsatz. Menschen mit Messerstichen zu töten, Gräber auszuheben, Gräber zuzuschütten, den *Geliebten* bewusstlos zu schlagen, ans Bett zu fesseln, unter Drogen halten, und außerdem noch rund um die Uhr ein Baby zu versorgen, kostete sie enorm viel Kraft. Seine Patientin sei nun ausgelaugt, völlig entkräftet und zudem ihrer Identität als Mutter beraubt. Außerhalb einer geschlossenen Anstalt ist sie derzeit nicht lebensfähig und auch innerhalb dieser akut selbstmord-gefährdet. Sie schreit jeden Tag nach ihrem Kind.

»Dieser Fall geht mir echt an die Nieren«, sagt Svenja, »ich hab nicht mal Lust auf ein Fallabschlussfrühstück morgen.«

»Geht mir auch so«, brummt Thomsen und starrt aus dem Fenster. »So viel Psychoscheiß schlägt mir gewaltig auf den Magen. Ein Kind sollte in einer normalen Familie aufwachsen, im besten Fall in einer, wo viel gelacht wird. Und mit Großeltern, die es verwöhnen«, setzt er brummend hinzu.

»Da hast du recht, Chef.« Jasper steht auf und blickt ebenfalls durchs Fenster.

»Was ist bloß los mit euch?«, schimpft Sophie. »So verstörend alles ist, was mit Anniek zu tun hat, wir haben auch ein Happy End!«

Sie hält eine schön gestaltete Karte in die Höhe.

»Was ist das?« Svenja kommt neugierig näher.

»Eine Hochzeitskarte. Herr Kai Friedrich und Frau Neele Husman geben sich die Ehre, zu ihrer Verehelichung in zwei Monaten einzuladen.«

»Schon so bald?«, wundert sich Svenja. »Laura ist doch erst vor einem Monat verstorben.«

Sophie zuckt die Schultern.

»Es ist nicht verboten, kurz zu trauern, und sie wollen Stabilität für Mia und die beiden Jungs.«

»Ich weiß nicht, was ich davon halten soll, dass die nun heile Welt spielen – nachdem, was sich der Friedrich geleistet hat. Immerhin hat er sie gewürgt«, erwidert Svenja.

»Wo die Liebe hinfällt.« Sophie zieht eine Grimasse.

»Immerhin war Neele klug genug, zu verlangen, dass er

eine Therapie macht. Und das Jugendamt wird die Familie Friedrich wohl auch noch eine Weile im Auge behalten.«

»Was das nützt, haben wir gerade miterleben dürfen«, grummelt Thomsen, während er weiter aus dem Fenster starrt. Plötzlich hellt sich seine Miene auf und er winkt auf den Parkplatz hinunter. »Maike holt mich ab, wir sehen uns morgen.«

Ohne weitere Worte nimmt er seine Jacke vom Haken und eilt aus dem Großraum.

»Tschüss Chef«, ruft Svenja ihm hinterher und hakt Sophie unter.

»Du gehst aber jetzt schon noch mit mir auf einen Drink zum Hafen?«

»Und was ist mit mir?«, drängt Jasper sich auf.

Svenja patscht ihm liebevoll auf die Schulter.

»Ich denke, du solltest dir die Zeit nehmen und ein klärendes Gespräch mit deiner Mutti führen. Die fragt mich beinahe jeden Tag nach Sabrina.«

»Äh . . .«, macht Jasper und sieht seinen Kolleginnen betrübt hinterher.

52

Seine Hände schwitzen fürchterlich. Immer wieder muss Rüdiger Maike seine Hand entziehen, um sie an seiner Hose abzuwischen.
»Und sie sind wirklich einverstanden?«
Maike nickt. »Ja, doch.«
»Beide?«
Peets Freundin hatte ihn damals angerufen und ziemlich wüst beschimpft. Als beschissenen Vater, der seinen Sohn im Gefängnis verrotten lassen würde, ohne ihn auch nur ein einziges Mal zu besuchen.
Er hatte einfach aufgelegt und Peet weiterhin nicht besucht. Aus dem simplen Grund, dass es ihm peinlich war, als Hauptkommissar der Kriminalpolizei wegen seines Jungen im Knast aufzukreuzen. Außerdem war er stinksauer gewesen. Immerhin hatte er Peet schon vor dessen Verhaftung mehrmals gewarnt, er solle mit seinen rechtsstaatsfeindlichen Aktionen aufhören, das würde nur Ärger einbringen. Was dann auch passierte.
Maike drückt seine Hand.
»Ja, sie sind beide einverstanden.«
Eine Weile gehen sie schweigend.
»Ich war 'n bisschen shoppen«, sagt Maike plötzlich.

»Ich konnte nicht anders.«
Sie öffnet eine der Papiertüten und er lugt neugierig hinein. Flauschige Babykleidung und bunte Rasseln. Gerührt bleibt er stehen und küsst sie innig.
»Du bist die Beste.«
Nachdem die Welle der Rührung abgeklungen ist, sieht er sich um.
»Wo genau gehen wir eigentlich hin?«
»Zur Eisdiele. Sie haben vorgeschlagen, damit zu beginnen. Wenn es gut läuft, laden Sie uns zu sich nach Hause ein.«
Thomsen drückt ihre Hand und sie gehen schweigend weiter.
Vor der Eisdiele bleibt er stehen und betrachtet seinen Sohn, der mit Frau und Kinderwagen gerade einen der größeren Tische in Beschlag nimmt. Während sie nach der Eiskarte greift, hebt Peet seine kleine Tochter aus dem Wagen.
Verlegen wischt er sich eine Träne aus dem Augenwinkel. Er wird verdammt noch mal dafür sorgen, dass das hier gut läuft.

* * *

Svenja studiert die Cocktail-Karte.
»Ich denke, ich nehme zur Feier des Tages heute einen Manhattan. Und du?« Sie streift ihre Schuhe ab, legt die Beine auf den benachbarten Stuhl und dreht ihr Gesicht in die Sonne.
»Caipirinha«, antwortet Sophie mit Bestimmtheit.

»Schon wieder?«
»Den liebe ich eben.«
»Deinen Cocktails bist du treuer als deinen Männern«, stichelt Svenja.
»Hey!« Sophie boxt ihre Kollegin über den Tisch hinweg in den Oberarm.
»Aber recht hab ich trotzdem!« Svenja kichert.
»Mit Cocktails ist es eben unkompliziert.«
»Mit Männern auch.«
»Findest du?« Sophie runzelt die Brauen so stark, dass sich eine Furche zwischen ihren Augen bildet.
»Ja. Ich hab mich verliebt, ich bin zu ihm gezogen, jetzt sind wir zusammen. Völlig unkompliziert.«
»Da hast du Glück«, meint Sophie. »Bei mir lief das so: Ich hab mich verliebt, aber er hat mir gestanden, dass er verheiratet ist. Dann habe ich Jahre gebraucht, um zu kapieren, dass er sich nicht scheiden lassen wird. Letztlich bin ich geflüchtet. Nun bin ich schon fast drei Monate hier, aber an manchen Tagen fühlt es sich immer noch an, als wäre mein Herz in Berlin geblieben. Bei ihm.«
»Oh«, sagt Svenja, steht auf und geht in Socken um den Tisch herum, um Sophie fest zu umarmen.
Als kurz darauf die Cocktails serviert werden, hebt sich die Stimmung sogleich wieder.
»Auf dich«, sagt Svenja.
»Auf uns«, erwidert Sophie.
Sie stoßen an und lachen.

* * *

In weiser Voraussicht hat sie daran gedacht, sich in der Pizzeria am Hafen eine Lasagne einpacken zu lassen, und so freut sich Sophie nun auf einen erholsamen Abend, an dem sie nicht kochen muss. Auf der Couch lümmeln, aus dem Pappkarton essen, Otello kraulen und ihre Lieblingsserie gucken. Das hat sie sich verdient.
Vor ihrer Haustür liegt ein Paket. Das ist nicht ungewöhnlich. Sie ist selten zu Hause und der Postbote hat sich angewöhnt, ihre Bestellungen unter dem Vordach vor der Haustür abzulegen. Sie nimmt das Päckchen mit ins Haus, während sie darüber nachdenkt, was sie eigentlich bestellt hat.
Otello kommt wie ein Blitz angeschossen und umschmeichelt ihre Beine in Achterschleifen.
»Ist ja gut, mein Süßer.« Sie streicht ihm liebevoll über den Kopf und begibt sich pflichtschuldigst in die Küche, um eine Futterdose für ihn zu öffnen. Erst nachdem sie ihm seine Schüssel hingestellt hat, kann sie in Ruhe ihr Päckchen öffnen.
Unter viel Verpackungsmaterial findet sie eine hübsche Schmuckschatulle. Ihr erster Gedanke gilt Enno. Vielleicht hat er ihr vom Flughafen ein nachträgliches Geburtstagsgeschenk geschickt?
Oder hat sich Ralf noch etwas einfallen lassen? Zur Abwechslung etwas, das keine Batterien braucht? Nee, vermutlich kommt dieses Präsent von Evando, der anlässlich ihres Geburtstags etwas Hübsches aus den Staaten geschickt hat. Das würde erklären, warum es mit ein paar Tagen Verspätung angekommen ist. Svenja hat recht, ihr Liebesleben ist das reinste Chaos.
Sie öffnet die Schatulle und blickt hinein. Augenblicklich stockt ihr der Atem. Sie braucht einen Moment, um zu begreifen, was sie darin sieht. Es ist ein Ring. Ein altes Schmuckstück aus Gold, mit mehreren

Diamanten besetzt.

Ein Ring, der auf eine lange Geschichte zurückblicken kann. Behutsam streicht sie über das Gold, das mehr als ein Jahrhundert alt ist.

Sie beißt sich auf ihre Unterlippe und klappt die Schatulle wieder zu. Einem Impuls folgend, versteckt sie sie ganz oben in ihrem Schrank, hinter Schuhen, die sie niemals anzieht.

Dann geht sie zur Couch, schaltet den Fernseher ein und nimmt den Karton mit der wunderbar duftenden Lasagne an sich. Nichts und niemand wird ihr diesen dringend benötigten Erholungsabend heute verderben.

Nachwort der Autorin

Liebe Leserinnen und Leser,

an dieser Stelle möchte ich mich sehr herzlich für die Unterstützung bei meinen Freunden, Testlesern und Lektoren sowie den Experten der Kriminalistik und der Medizin bedanken – und natürlich bei Ihnen, liebe Leserinnen und Leser!

Ich freue mich, wenn **DIE KÜSTEN-KOMMISSARE** Ihnen ein paar spannende und unterhaltsame Stunden bescheren konnten.

Wenn es Ihnen gefallen hat, würde ich mich über eine Rezension bei Amazon sehr freuen. Ein großes **DANKE** all jenen, die sich kurz Zeit nehmen und ein paar Worte schreiben!

Für jene, die wissen wollen, wie es mit Thomsen, Meerkatz & Co weitergeht: Spannend – so viel steht fest. Denn das nächste Buch kommt schon sehr bald!

Einfach **Anne Amrum** auf Amazon folgen und sofort über Neuerscheinungen informiert werden!

Anne Amrum, Oktober 2021

Instagram: anneamrum
E-Mail: anne.amrum@gmx.de

Es geht spannend weiter ...

Der vierte Fall der Küsten-Kommissare
NORDSEE GIER von
Anne Amrum

TATORT NORDSEE

Der geheime Wunsch von Tamme Boekhoff und seiner Frau Yalene scheint in Erfüllung zu gehen. Multimillionärin Adda Boekhoff, Tammes verhasste Mutter, stirbt bei dem Empfang zu ihrem achtzigsten Geburtstag – inmitten all ihrer Kinder und Enkelkinder.

Doch die Freude über das bevorstehende Erbe währt nur kurz, denn ihr Tod lockt die Mordermittler auf das Anwesen.

Zwischen Tamme und seinen Geschwistern entbrennt nun ein gnadenloser Kampf ums Geld, bei dem sich jeder selbst der Nächste ist.

Die Ereignisse spitzen sich zu und Yalene muss um ihr Leben fürchten – in einer Familie, in deren Mitte sich ein Mörder versteckt, der trotz ständiger Polizeipräsenz vor weiteren Opfern nicht zurückschreckt.

Hauptkommissar Rüdiger Thomsen und Oberkommissarin Sophie Meerkatz haben es diesmal mit einer Gesellschaft zu tun, in der Intrigen zum guten Ton gehören, und Macht und Gier jegliches Gefühl für Rechtschaffenheit unterjochen.

Erhältlich auf AMAZON!

Wie alles begann ...

Der erste Fall der Küsten-Kommissare
NORDSEE Mord von
Anne Amrum

TATORT NORDSEE

Die sechzehnjährige Inga wird tot im Husumer Watt aufgefunden. Die jugendliche Tote ist ein beliebtes Mädchen aus dem Ort. Ein tragischer Selbstmord, davon ist Hauptkommissar Rüdiger Thomsen überzeugt.

Doch seine neue Kollegin Sophie Meerkatz wittert ein Verbrechen und beginnt unangenehme Fragen zu stellen. Als kurz darauf die beste Freundin der Toten vermisst wird, gerät auch Thomsens Überzeugung ins Wanken. Denn die Mutter der Vermissten ist eine alte Vertraute . . .

Die Situation spitzt sich zu, als es in der Bevölkerung zu brodeln beginnt. Ein Sündenbock ist schnell gefunden. Doch liegt überhaupt ein Verbrechen vor und ist der Verdächtige auch tatsächlich der Schuldige? Und wo steckt das vermisste Mädchen?

Im ersten Teil der spannenden Nordsee-Reihe prallen Welten aufeinander:

Emanzipierte Emsigkeit aus der Hauptstadt trifft auf die Gelassenheit des Nordens. Mit Engagement und Leidenschaft für ihren Job tritt Kommissarin Sophie Meerkatz gegen die Vorbehalte ihres neuen Chefs an und scheut auch nicht davor zurück, zu drastischen Maßnahmen zu greifen.

Erhältlich auf AMAZON!

Printed in Dunstable, United Kingdom